AUSTRAL JUVENIL

Título original:
Dear Mr. Henshaw

Diseño colección:
Miguel Ángel Pacheco

BEVERLY CLEARY
QUERIDO
SEÑOR HENSHAW

TRADUCCIÓN DE AMALIA MARTÍN-GAMERO
ILUSTRACIONES DE HELENA ROSA-TRÍAS

ESPASA CALPE, S.A. MADRID

Sexta edición

Primera edición: octubre, 1986
Sexta edición: octubre, 1993

Editor original: William Morrow, Nueva York
© Beverly Cleary, 1983
© Ed. cast.: Espasa Calpe, S. A., Madrid, 1986
Depósito legal: M. 28.258—1993
ISBN 84—239—2766—0

Impreso en España/Printed in Spain
Impresión: NOTIGRAF, S. A.

Editorial Espasa Calpe, S. A.
Carretera de Irún, km. 12,200. 28049 Madrid

Querido señor Henshaw:

Ahora estoy en *cuarto*. He hecho un diorama de *Maneras de divertir a un perro*, el libro sobre el que le he escrito ya dos veces. Ahora nuestro profesor nos ha dicho que escribamos a un autor cada uno para la Semana del Libro. Yo recibí su contestación a mi carta del año pasado, pero estaba a máquina. Por favor, ¿le importaría escribirme a mano? Me divierten mucho sus libros.

El tipo que más me gustó del libro fue el padre de Joe porque no se enfureció cuando Joe puso una cinta de una señora cantando para divertir al perro y el perro se sentó y empezó a aullar como si él también estuviese cantando. Bandido hace lo mismo cuando oye cantar.

Su mejor lector,

Leigh Botts

Querido señor Henshaw:

He estado pensando en *Maneras de divertir a un perro.* Cuando Joe llevó el perro al parque y le enseñó a deslizarse por el tobogán, ¿acaso no apareció alguna persona mayor y le dijo que no podía dejar al perro usar el tobogán? Por aquí las personas mayores, que en su mayoría siempre tienen gatos, se ponen furiosas si no se lleva a los perros atados de la correa todo el tiempo. Detesto vivir en un campamento de casas ambulantes.

Vi su fotografía en la parte de atrás del libro. Cuando sea mayor quiero ser un escritor de libros famoso, con barba, como usted.

Le envío mi foto. Es del año pasado. Ahora tengo el pelo más largo. Con la de millones de niños que hay en los Estados Unidos, ¿cómo podría usted saber cuál soy si no le envío mi foto?

Su lector favorito,

Leigh Botts

Adjunto: foto mía.
(Estamos estudiando correspondencia comercial)

Querido señor Henshaw:

Ahora estoy en *quinto*. Quizá le guste saber que hice una expresión oral sobre *Maneras de divertir a un perro*. A la clase le gustó. Me dieron un nueve y medio. No llegué a diez porque el profesor dijo que yo no paraba de moverme.

Afectuosamente,

Leigh Botts

Querido señor Henshaw:

Recibí su carta y he hecho lo que usted me decía. Leí otro libro suyo. Leí *Carne de alce en tostadas*. Me gustó casi tanto como *Maneras de divertir a un perro*. Era muy gracioso que la madre del chico tuviese que pensar en tantas maneras diferentes de guisar la carne de alce, esa especie de ciervo, que tenía en el frigorífico. Mil quinientos kilos es mucho alce. Las hamburguesas de alce, el guisado de alce y la empanada de alce no debían de estar nada mal. El pastel de picadillo de alce a lo mejor estaba bueno, porque con pasas y otros aditamentos, no sabría uno que estaba comiendo alce. Y alce picado con crema en una tostada, ¡qué asco!

Me parece que el padre del chico no debería haber matado el alce, pero creo que allí en Alaska hay muchos alces y a lo mejor se necesitan como comida.

Si mi padre matase un alce le daría las partes más duras a Bandido, mi perro.

Su hincha número uno,

Leigh Botts

Querido señor Henshaw:

Este año estoy en *sexto* y en un colegio nuevo en una ciudad diferente. Nuestra profesora nos ha mandado que escribamos un trabajo sobre algún escritor para mejorar nuestra redacción, así que naturalmente yo he pensado en usted. Por favor, contésteme las siguientes preguntas:

1. ¿Cuántos libros ha escrito usted?

2. ¿Es Boyd Henshaw su nombre de verdad, o es falso?

3. ¿Por qué escribe usted libros para niños?

4. ¿De dónde saca usted las ideas?

5. ¿Tiene usted hijos?

6. ¿De los libros que ha escrito cuál es su preferido?

7. ¿Le gusta escribir libros?

8. ¿Cómo se va a llamar su próximo libro?

9. ¿Cuál es su animal preferido?

10. Por favor, deme algunas ideas sobre cómo escribir un libro. Esto es muy importante para mí. Lo quiero saber de verdad para poder llegar a ser un escritor famoso y escribir libros exactamente como los suyos.

Por favor, envíeme una lista de los libros que ha escrito, una fotografía con su autógrafo y un señalador. Necesito su respuesta antes del viernes. ¡Esto es muy urgente!

Afectuosamente,

Leigh Botts

Si envía la carta,
cuanto antes, mejor.
Si llega la carta,
cuanto más tarde, peor.

Querido señor Henshaw:

Al principio me fastidió mucho no recibir su contestación a mi carta a tiempo para escribir el trabajo, pero me las arreglé bien. Leí lo que decía sobre usted en la parte de atrás de *Maneras de divertir a un perro.* Y lo escribí con letra grande, una línea sí y otra no, con lo que llené bien el papel. En el libro decía que usted vivía en Seattle. No sabía que usted se había ido a vivir a Alaska, aunque lo debía de haber adivinado después de leer *Carne de alce en tostadas.*

Cuando finalmente llegó su carta, no me apetecía leerla en clase, porque pensé que a la señorita Martínez no le gustarían sus respuestas en broma, como que su verdadero nombre es *Fastidioso del Lugar,* y que no tiene niños porque no se dedica a la cría de asnos. Pero me dijo que la tenía que leer. La clase se rió y la señorita Martínez sonrió, pero dejó de sonreír cuando llegué a lo de su animal favorito y que éste era un monstruo de color morado que se come a los niños que envían a los escritores largas listas de preguntas para sus trabajos, en vez de aprender a utilizar una biblioteca.

Sus consejos sobre la manera de escribir

estaban bien. Se comprendía que lo que decía iba en serio. No se preocupe. Cuando escriba algo no se lo enviaré. Comprendo lo ocupado que está con sus propios libros.

No enseñé la segunda página de su carta a la señorita Martínez. La lista de preguntas que me envió para contestar me indignó. No hay ningún otro autor que haya mandado una lista de preguntas para contestar, y no me parece justo hacerme trabajar aún más cuando ya he terminado el trabajo.

En todo caso, muchas gracias por contestar a mis preguntas. Algunos chicos no recibieron respuesta, lo cual les indignó, y una chica casi se echó a llorar pues temía que le pusiesen mala nota. Un chico recibió una carta de un escritor que verdaderamente parecía muy emocionado por haber recibido una carta, y su respuesta era tan larga, que el chico tuvo que escribir un trabajo muy largo. Supuso que es que nadie había escrito a ese autor hasta entonces, y, desde luego, él no piensa volver a hacerlo. Unos diez chicos escribieron al mismo autor que les contestó a todos de una vez. Discutieron mucho sobre quién iba a guardar la carta hasta que la señorita Martínez se la llevó a la oficina y la fotocopió.

Ahora, lo de las preguntas que me envió.

No voy a contestarlas y usted no puede obligarme a ello. Usted no es mi profesor.

Atentamente,

Leigh Botts

P.D.: Cuando le pregunté cómo se iba a titular su próximo libro usted me contestó: «¿Quién sabe?» ¿Quería usted decir que ese era el título o es que no sabe cómo lo va a titular ¿Y en realidad escribe usted libros porque ya ha leído todos los de la biblioteca, o porque el escribir le gusta más que cortar el césped o quitar la nieve?

16 de noviembre

Querido señor Henshaw:

Mi madre encontró su carta y la lista de preguntas, pues fui tan tonto como para no guardarla. Tuvimos una gran discusión. Dice que tengo que contestar a sus preguntas porque los escritores son trabajadores como los demás, y que si usted se molestó en contestar a mis preguntas yo debo contestar a las suyas. Dice que no puedo ir por la vida esperando que todo el mundo se ocupe de mis cosas. Solía decirle lo mismo a mi padre cuando se dejaba los calcetines en el suelo.

Bueno, tengo que marcharme ahora. Es hora de acostarme. A lo mejor le contesto a sus diez preguntas, y a lo mejor no. No hay ninguna ley que me obligue a hacerlo. A lo mejor ni siquiera vuelvo a leer uno de sus libros.

Su asqueado lector,

Leigh Botts

P.D.: Si mi padre estuviese aquí le diría que me dejase en paz

Querido señor Henshaw:

Mi madre no hace más que regañarme por sus malditas preguntas. Dice que si realmente quiero ser escritor debería seguir los consejos de su carta. Que debería leer, observar, escuchar, pensar y *escribir*. Dice que le parece que la mejor manera de que yo empiece a hacer algo es atornillándome a una silla y empezando a contestar a sus preguntas, pero contestándolas del todo. Así que ahí va.

1.   *¿Quién eres?*

Como ya le he dicho soy Leigh Botts. Mi nombre completo es Leigh Marcus Botts. No me gusta el nombre de Leigh porque algunas personas no saben cómo pronunciarlo, o creen que es nombre de chica. Mi madre dice que con un apellido como Botts necesitaba un nombre algo caprichoso, pero no demasiado. Mi padre se llama Bill, y mi madre Bonnie. Dice que Bill y Bonnie Botts suenan a nombres de Tebeo.

Soy un chico sencillamente corriente. En este colegio no dicen que sea ni talentoso ni inteligente, y no me gusta mucho el fútbol, como se supone debería gustarle a todo el mundo en este colegio. Pero tampoco soy tonto.

2. ¿Qué aspecto tienes?

Ya le he enviado mi foto, pero a lo mejor la ha perdido. Soy de tamaño regular. No tengo el pelo rojizo ni nada parecido. No soy realmente alto como mi padre. Mi madre dice que me parezco a su familia, afortunadamente. Eso es lo que dice siempre. En primero y segundo, los chicos solían llamarme Leigh la *Pulga,* pero he crecido. Ahora, cuando la clase se pone en fila por alturas, estoy hacia el centro. Creo que podría decirse que soy de lo más mediano de la clase.

Esto es mucho trabajo. Continuará, quizá.

Leigh Botts

Querido señor Henshaw:

Ya no iba a contestarle ninguna pregunta más, pero mi madre no piensa arreglar la televisión porque dice que se me estaba pudriendo el cerebro. Estos días son las vacaciones de Acción de Gracias, la gran fiesta americana, y estoy tan aburrido que he decidido contestar a un par de sus malditas preguntas con ayuda de mi podrido cerebro (esto es broma).

3. *¿Cómo es tu familia?*

Desde que mi padre y Bandido se marcharon, mi familia no la componemos más que mi madre y yo. Vivíamos en una casa ambulante en las afueras de Bakersfield, que está en el Gran Valle Central de California que estudiábamos en el colegio. Cuando mi padre y mi madre se divorciaron vendieron la casa ambulante y mi padre se trasladó a un remolque.

Mi padre es conductor de un gran camión, de los que tienen la cabina encima del motor. El camión es por lo que mis padres se divorciaron. Mi padre trabajaba como empleado de otra persona. Transportaba mercancías como algodón, remolacha y otras cosas por la California Central y Nevada, pero no podía quitarse de la cabeza la idea de tener su propio camión para el transporte de carretera. Trabajaba prácticamente noche y día, y ahorró lo suficiente para el primer pago. A mi madre le pareció que nunca íbamos a salir de la casa ambulante porque tenía que hacer unos pagos muy grandes por el camión, y que nunca iba a saber dónde estaba cuando viajase por el país. Su gran camión es una gozada, tiene hasta una litera en la cabina y todo. El camión, que los camioneros llaman tractor, pero todos los demás camión, tiene diez ruedas, dos delante y ocho en la parte de atrás, para poder acarrear cualquier cosa: camionetas, remolques frigoríficos, un par de góndolas.

En el colegio nos enseñan que una góndola es una especie de barco en Italia, pero en los Estados Unidos es un contenedor para transportar mercancías que van sueltas como las zanahorias.

Se me ha cansado la mano de escribir tanto, pero como me gusta tratar a mi padre y a mi madre de la misma manera, me dedicaré a mi madre la próxima vez.

Su lector engañado,

Leigh Botts

Señor Henshaw:

¿Por qué había de llamarle «querido», cuando es usted la causa de que tenga tanto trabajo? Pero como no sería justo pasar por alto a mi madre, ahí va la continuación de la pregunta 3.

Mi madre trabaja por horas para el «Servicio de comidas de Katy», que es un negocio dirigido por una señora muy simpática que mi madre conoció de joven en Taft, California. Katy dice que todas las mujeres que se educaron en Taft tienen que ser buenas cocineras porque iban a muchas cenas improvisadas en las que se comía lo que guisaban. Mi madre y Katy y otras señoras preparan comidas muy exquisitas para bodas y fiestas. También hacen pastel de queso y tarta de manzana para restaurantes. Mi madre es una buena cocinera. Me encantaría que guisase más en casa, como la madre de *Carne de alce en tostadas.* Casi todos los días Katy le da algo rico para que me lo ponga con la comida del colegio. Mi madre sigue también un par de cursos en la Escuela de Formación Profesional. Quiere llegar a ser una A. de E. que quiere decir ayudante de enfermera. Son las que ayudan a las enfermeras de verdad aunque no pinchan a la gente. Casi siempre está en casa cuando llego del colegio.

Su ex amigo,

Leig Botts

Señor Henshaw:
Aquí estoy otra vez.

4.   *¿Dónde vives?*

Después del divorcio, mi madre y yo nos trasladamos de Bakersfield a Pacific Road, que está en la costa central de California, a unos veinte kilómetros de la refinería de azúcar de Spreckles, donde mi padre solía transportar remolacha antes de ponerse a viajar por todo el país. Mi madre decía continuamente, mientras envejecía en el Gran Valle Central de California, que echaba de menos los aires del mar, y ahora ya los tenemos. Y también tenemos mucha niebla, especialmente por las mañanas. Por aquí no hay campos cultivados, no hay más que campos de golf para gente rica.

Vivimos en una casa pequeña, una casa *realmente* pequeña, que fue el refugio de verano de alguien, hace mucho tiempo, antes de que construyesen una casa de dos pisos delante. Ahora es lo que se llama un chalet con jardín. Y está a punto de venirse abajo, pero no tenemos dinero para otra cosa. Mi madre dice que por lo menos nos preserva de la lluvia, y que no la podría remolcar un camión. Tengo un cuarto para mí solo, pero mi madre duerme en un sofá en el cuarto de estar. Ella la ha arreglado realmente bien con cosas de la tienda de objetos de ocasión que hay calle abajo.

Al lado hay una estación de gasolina que hace pim-pim, pim-pim, cada vez que llega un coche. El pim-pim termina a las diez de la noche, pero generalmente yo ya estoy dormido para entonces. A mi madre no le gusta que ande por la estación de gasolina. En nuestra calle, al lado de la tienda de objetos de ocasión, hay una tienda de animales, otra de máquinas de coser, otra de electricidad, un par de almacenes de trastos viejos que llaman anticuarios, además de un Taco King, un sitio de comida mejicana, y una heladería. Y tampoco debo andar por esos lugares. A mi madre no le gusta que ande por ninguna parte.

Algunas veces, cuando la estación de gasolina no está abierta, oigo el mar y los ladridos de los leones marinos. Hacen el mismo ruido que los perros y me acuerdo de Bandido. Continuará, a no ser que arreglen la televisión.

Sigue muy asqueado,

Leigh Botts

Señor Henshaw:

Si tuviésemos arreglada la televisión estaría viendo «Patrulla de carretera» pero, como no es así, aquí le envío más contestaciones de mi podrido cerebro. Ja, ja.

5. *¿Tienes algún animal doméstico?*

No, no tengo ningún animal doméstico. (Mi profesora dice que contestemos siempre con frases completas.) Cuando mi padre y mi madre se divorciaron, y mi madre se hizo cargo de mí, mi padre se llevó a Bandido porque mi madre dijo que no podía trabajar y cuidar un perro, y mi padre dijo que le gustaría llevarse a Bandido en el camión, porque es más fácil no dormirse en los trayectos largos si le tiene para hablarle. Realmente echo mucho de menos a Bandido, pero creo que está más contento viajando con mi padre. Como decía el padre de *Maneras de divertir a un perro,* los perros se aburren mucho si están todo el día por casa. Y eso es lo que le pasaría a Bandido puesto que mi madre y yo salimos tanto.

A Bandido le gusta ir en coche y por eso le tenemos. Sencillamente un buen día se subió de un salto a la cabina de mi padre, en una parada del camión en Nevada, y se sentó.

Llevaba un trozo de trapo rojo al cuello, como los bandidos, en vez de collar, así que por eso le llamamos Bandido.

A veces permanezco despierto por la noche escuchando el pim-pim de la estación de gasolina y pensando en mi padre y en Bandido, que quizá vayan transportando tomates o balas de algodón por la Nacional 5, y me alegro de que Bandido esté allí para que mi padre no se duerma. ¿Ha visto usted alguna vez la Nacional 5? Es recta y aburrida, sin nada más que campos de algodón y grandes extensiones de pastos que pueden olerse mucho antes de llegar. Es tan aburrida que el ganado que pasta allí ni siquiera se molesta en mugir. Sencillamente están allí. De eso no nos cuentan nada en el colegio cuando nos hablan del Gran Valle Central de California.

Me están dando calambres en la mano de tanto escribir. Contestaré la número 6 la próxima vez. Mi madre dice que no me preocupe de los sellos, así que no puedo utilizar eso como disculpa para no contestar.

El escritor engañado,

Leigh Botts

Señor Henshaw:

Ya estoy a ello otra vez. No volveré a enviar una lista de preguntas a ningún escritor para que me las conteste, diga lo que diga el profesor.

6. *¿Te gusta el colegio?*

El colegio me parece que está bien. Es donde van los niños. Lo mejor de estar en sexto en mi colegio nuevo es que si aguanto acabaré pronto.

7. *¿Quienes son tus amigos?*

No tengo muchos amigos en el colegio nuevo. Mi madre dice que quizá sea un solitario, pero no lo sé. Un chico nuevo en un colegio tiene que tener mucho cuidado hasta que sabe quién es quién. A lo mejor es que soy un chico en el que no se fija nadie. La única vez que alguien se ha fijado en mí fue en mi otro colegio cuando hice el trabajo sobre *Maneras de divertir a un perro.* Después de mi trabajo algunas personas fueron a la biblioteca a sacar el libro. Los chicos de aquí se fijan mucho más en mi comida que en mí. La verdad es que me vigilan para ver lo que llevo de comida porque Katy me regala cosas muy ricas.

Ojalá me invitase alguien a su casa alguna vez. Después del colegio me quedo por ahí dando patadas a un balón con otros chicos para que no piensen que soy un presumido o cosa por el estilo, pero nadie me invita.

8. *¿Quién es tu profesor preferido?*

No tengo preferencia por ningún profesor, pero en realidad me cae muy bien el señor Fridley. Es el vigilante. Y es muy justo siempre sobre a quién le toca repartir la leche a la hora de comer, y una vez que tuvo que limpiar una vomitina en la entrada ni siquiera puso mala cara. No dijo más que «parece que alguien se ha estado juergueando», y empezó a echar serrín encima. Mi madre solía ponerse furiosa con mi padre por juerguearse, pero no se refería a vomitar. Lo que quería decir es que se quedaba demasiado tiempo en la parada de camiones que hay en las afueras de la ciudad.

Faltan otras dos preguntas. A lo mejor ni las contesto. Y ya está. Ja, ja.

Leigh Botts

Señor Henshaw:

Está bien, gana usted porque mi madre sigue regañándome y no tengo nada mejor que hacer. Contestaré a sus dos últimas preguntas aunque tarde toda la noche.

9. *¿Qué te fastidia?*

Qué me fastidia, pero ¿de qué? No sé lo que quiere decir. Me parece que fastidiarme, me fastidian muchas cosas. Me fastidia que me roben algo de la bolsa de la comida. No conozco bien a la gente del colegio como para sospechar de nadie. Me fastidian los niños pequeños con mocos. Pero no quiero decir que sea quisquilloso ni nada parecido. No sé por qué es. Sencillamente me fastidia.

Me fastidia ir al colegio andando *despacio*. La regla es que no se debe llegar al colegio hasta diez minutos antes de que suene el timbre. Mi madre tiene una clase temprano. La casa se queda tan sola por la mañana cuando se marcha, que no puedo soportarlo y salgo al mismo tiempo que ella. No me importa estar solo al volver del colegio, pero sí me importa por la mañana, antes de levantarse la niebla, en que nuestra casa está oscura y húmeda.

Mi madre dice que vaya al colegio, pero que vaya despacio, lo cual me cuesta mucho trabajo. Una vez traté de caminar alrededor de todas las baldosas de la acera, pero eso es muy aburrido. Y lo mismo ocurre cuando voy andando tacón-punta, tacón-punta. A veces voy andando hacia atrás, excepto cuando cruzo la calle, pero aún así llego tan pronto que tengo que esconderme detrás de los setos para que no me vea el señor Fridley.

Me fastidia mucho que mi padre me telefonée y termine diciendo «bueno, límpiate los mocos, chaval». ¿Por qué no me dice que me echa de menos, y por qué no me llama Leigh? Me fastidia que no me llame por teléfono, lo cual es lo normal. Tengo un mapa de carreteras y trato de seguir sus viajes cuando tengo noticias suyas. Cuando funcionaba la televisión veía los pronósticos del tiempo que dan en los telediarios para saber por dónde había ventisca, tornados o granizos del tamaño de una bola de golf, o cualquier otra clase de tiempo del que tienen en otros lugares de los Estados Unidos.

10. *¿Qué es lo que más deseas?*

Deseo que dejen de robarme las cosas ricas de mi bolsa de la comida. Y me parece que deseo muchas otras cosas también. Deseo que algún día mi padre y Bandido aparezcan en el camión delante de la puerta. A lo mejor mi padre vendría tirando de un remolque frigorífico de doce metros, lo cual haría que su equipo sumase dieciocho ruedas en total. Mi padre me gritaría asomándose a la cabina: «Vamos, Leigh, salta aquí dentro y te llevaré al colegio.» Entonces yo me subiría y Bandido movería la cola y me lamería la cara. Arrancaríamos mientras todos los hombres de la estación de gasolina se quedaban mirándonos. Y, en lugar de ir directamente al colegio, nos lanzaríamos a todo gas por la carretera mirando hacia abajo para ver la parte de arriba de los coches corrientes; luego entraríamos en el ramal y de vuelta al colegio justo antes de que sonase el timbre. Entonces creo que no parecería tan mediocre, sentado en la cabina delante de un remolque de doce metros. Y bajaría de un salto y mi padre diría: «Hasta pronto, Leigh. Te veré pronto», y Bandido se despediría con un ladrido. Yo entonces diría: «Vete con cuidado, papá», como lo hago siempre. Mi padre se pararía un momento para escribir en el cuaderno de ruta: «Llevé a mi hijo al colegio.» Entonces el camión arrancaría mientras todos los niños miraban deseando que ojalá fuesen sus padres conductores de grandes camiones también.

Ya está, señor Henshaw. Con esto termino de contestar sus deleznables preguntas. Espero que esté satisfecho por haberme hecho currar tanto.

Mecachis en usted.

Leigh Botts

Querido señor Henshaw:

Siento haber estado tan mal educado en mi última carta después de contestar a sus preguntas. Puede que estuviese furioso por otras cosas, como que mi padre se haya olvidado de enviar la mensualidad que le ha marcado el juez para mantenerme. Mi madre trató de telefonearle al parque de camiones donde, según ella, se hospeda. Tiene teléfono en el camión para que el agente que le proporciona trabajo pueda ponerse en contacto con él. Ojalá siguiese transportando remolacha a la refinería de Spreckels porque así podría venir a verme. El juez del divorcio dijo que tiene derecho a verme.

Cuando usted contestó a mis preguntas dijo que la manera de llegar a ser escritor era <u>escribiendo.</u> Esto lo subrayó usted dos veces. Bueno, pues escribí un montón y, ¿sabe una cosa?, que al recordarlo ahora, no fue tan pesado como cuando es un trabajo sobre un libro o sobre algún país de América del Sur o cualquier otra cosa para la que tengo que hacer consultas en la biblioteca. Hasta casi echo de menos el escribir ahora que he terminado de contestar a sus preguntas. Me siento solo. Mi madre está haciendo horas extraordinarias en el Servicio de Comidas Katy, porque la gente da muchas fiestas en esta época del año.

Cuando escriba un libro quizá lo titule *El gran misterio de mi bolsa de, la comida* porque tengo muchos problemas con mi bolsa de la comida. Mi madre ya no guisa tantos asados y chuletas desde que mi padre se ha ido, pero me prepara muy buenas comidas a base de emparedados de pan integral, que compra en la tienda de alimentación especial, y con buenos rellenos que unta hasta las esquinas. Katy me manda pastelillos de queso, que hace especialmente para mí, o setas rellenas o unas cosas pequeñas que llama canapés. A veces me manda una porción de *quiche*.

Hoy me tocaba un huevo relleno. Katy compra huevos muy pequeños para las fiestas, de manera que pueda comerse medio huevo de un bocado sin que a la gente se le caiga en las alfombras. Dentro pone un poco de polvo de curry mezclado con la yema. Lo rellena con la manga pastelera para que parezca una rosa. A la hora de comer, cuando abrí la bolsa de la comida, el huevo había desaparecido. Dejamos las bolsas y cajas de la comida (en su mayoría bolsas porque los chicos de sexto curso no quieren llevar cajas) alineadas en la pared, detrás de una especie de tabique de separación.

¿Está usted escribiendo otro libro? Por favor, conteste mi carta para que podamos ser amigos por correspondencia.

Sigo siendo su hincha número uno.

Leigh Botts

Querido señor Henshaw:

Me quedé muy sorprendido al recibir su postal de Wyoming, porque creí que vivía en Alaska.

No se preocupe. He caído en la cuenta. Usted no tiene demasiado tiempo para contestar cartas. Está bien por mi parte, porque me alegro de que esté ocupado escribiendo otro libro y cortando leña para calentarse.

Hoy me ocurrió algo muy agradable. Cuando andaba detrás de los arbustos del colegio, esperando a que sólo faltasen diez minutos para tocar el primer timbre, me puse a observar al señor Fridley mientras izaba las banderas. Quizá sea mejor que le explique que la bandera del Estado de California es blanca con un oso marrón en el centro. Primero el señor Fridley ató la bandera de los Estados Unidos en la driza (esa es una palabra nueva en mi vocabulario) y luego ató debajo la bandera de California. Cuando izó las banderas, el oso estaba al revés con los pies en lo alto, y entonces le dije:

—¡Eh!, señor Fridley, el oso está al revés.

Pongo punto y aparte porque la señorita Martínez dice que debe ponerse siempre punto y aparte cuando habla una persona diferente. El señor Fridley dijo:

—Vaya, pues así es. ¿Te gustaría darle la vuelta?

Así es que yo bajé las banderas, puse la bandera del oso hacia arriba, e icé otra vez las dos banderas. El señor Fridley dijo que quizá debiera yo ir al colegio unos minutos antes todas las mañanas para ayudarle con las banderas, pero que por favor dejase de andar hacia atrás porque le ponía nervioso. Así que ahora ya no tengo que ir tan despacio. Me gustó que alguien se hubiese fijado en mí. Hoy no me han robado nada de la comida porque me la comí cuando iba al colegio.

He estado pensando en lo que usted decía en su postal de que escriba mi diario. A lo mejor trato de hacerlo.

Afectuosamente,

Leigh Botts

Querido señor Henshaw:

He comprado un cuaderno como usted me dijo. Es amarillo y está encuadernado con una espiral. En la tapa he escrito con letras de imprenta:

DIARIO DE LEIGH MARCUS BOTTS
PRIVADO: NO ABRIRLO
¡¡ESTO VA POR TI!!

Cuando empezé a escribir en él, no sabía cómo empezar. Pensé que debía escribir: «Querido cuaderno», pero eso parece una idiotez. Y lo mismo pasa con: «Querido papel.» La primera página todavía está como yo. En blanco. Me parece que no sé llevar un diario. No quiero ser un rollo para usted, pero me gustaría que me dijese cómo hacerlo. Estoy atascado.

Su desconcertado lector,

Leigh Botts

Querido señor Henshaw:

Recibí su postal con los osos. Quizá haga lo que me dice y finja que mi diario es una carta que escribo a alguien. Supongo que podría hacer como que escribo a mi padre, pero es que yo solía escribirle y nunca me contestaba. A lo mejor hago como que le estoy escribiendo a usted porque, cuando contesté a todas sus preguntas, me acostumbré a empezar: «Querido señor Henshaw». Pero no se preocupe, no se lo voy a enviar.

Gracias por el consejo. Ya sé que está usted muy ocupado.

Su agradecido amigo,

Leig Botts

Diario privado de Leigh Botts

Querido señor Henshaw Imaginario:

Esto es un diario. Lo voy a guardar, no se lo voy a mandar.

Si me como el almuerzo cuando voy al colegio, por la tarde tengo hambre. Hoy no lo hice, así que las dos setas rellenas que mi madre me puso habían desaparecido a la hora de la comida. Mi emparedado sí estaba, así que no me he muerto de hambre, pero desde luego eché de menos las setas. No puedo quejarme al profesor porque no es buena idea que un chico nuevo sea un acusica.

Me paso toda la mañana tratando de averiguar quién se levanta de su asiento para ir detrás del tabique donde dejamos las comidas, y luego trato de ver quién se marcha

47

de clase el último a la hora del recreo. No he visto a nadie masticando, pero es que la señorita Martínez me dice todo el tiempo que mire hacia delante. En todo caso, la puerta de la clase está generalmente abierta. Cualquiera podría colarse sin ser visto cuando estamos todos mirando hacia delante y la señorita Martínez está escribiendo en la pizarra.

¡Vaya, acabo de tener una idea! Algunos escritores escriben bajo nombres supuestos. Después de las vacaciones de Navidad voy a escribir un nombre falso en la bolsa de la comida. Eso fustrará al ladrón, como dicen en los libros.

Me parece que no hace falta que firme esta carta, que es de un diario, como firmo una carta de verdad que voy a echar al correo.

Sábado, 23 de diciembre

Querido señor Henshaw Imaginario:

Hoy es el primer día de las vacaciones de Navidad. Sigue sin llegar ningún paquete de mi padre. Yo pensé que a lo mejor me lo traía personalmente en vez de enviarlo por correo, así que pregunté a mi madre si creía que vendría para Navidad.

Ella me dijo: «Estamos divorciados. ¿No te acuerdas?»

Lo recuerdo muy bien. Lo recuerdo todo el tiempo.

Querido señor Heshaw Imaginario:

Sigue sin llegar ningún paquete de mi padre.

No hago más que pensar en las navidades pasadas, cuando estábamos en la casa ambulante antes de que mi padre comprara el tractor. Tuvo que esquivar la patrulla de la carretera para llegar a casa a tiempo para el día de Navidad. Mi madre hizo un pavo y una cena muy buena. Teníamos un árbol de Navidad de medio metro de alto porque no había sitio para uno mayor.

A la hora de la comida mi padre comentó que cuando iba de camino a menudo veía un solo zapato en la carretera. Siempre se preguntaba cómo habría llegado hasta allí y qué le habría pasado al compañero.

Mi madre dijo que un solo zapato parecía algo triste, como una canción del oeste. Mientras tomábamos nuestros pastelillos de frutas todos tratamos de inventar una canción sobre los zapatos perdidos. Nunca me olvidaré de ellas. La mía era la peor.

Mientras conducía una carga pesada
vi un zapato en la calzada
como si lo hubiesen perdido de pasada.

Y mi padre salió diciendo:

Vi un solo zapato tirado
como un trapo mojado
en la carretera número dos
y me puse deprimido
pensando de quién habría sido.

La canción de mamá nos hizo reír a todos.
Era la mejor.

Un triste y solitario excursionista
perdió un zapato en la autopista.
Se sintió muy desgraciado
y siguió con un pie mojado
hasta llegar al lugar del acampado.

Eran unas canciones tontas, pero nos divertimos mucho. Mi padre y mi madre no se habían reído tanto desde hacía mucho tiempo, y a mí me hubiese gustado que no hubiesen dejado nunca de reírse.

Después de esto, siempre que mi padre volvía a casa, le preguntaba si había visto algún zapato en la carretera. Y siempre lo había visto.

Querido señor Henshaw Imaginario:

Anoche estaba bajo de forma y seguía despierto después de cerrar la estación de gasolina.

Luego oí unos pasos muy pesados subiendo las escaleras y, hubo un minuto, en que pensé que a lo mejor era mi padre, hasta que me acordé que él siempre subía las escaleras corriendo.

Mi madre tiene mucho cuidado antes de abrir la puerta por la noche. La oí dar la luz de fuera y supe que estaba mirando por detrás de la cortina. Abrió la puerta y un hombre dijo:

—¿Vive aquí Leigh Botts?

Salté de la cama y me fui a la habitación de delante en un segundo.

—Yo soy Leigh Botts —dije.

—Tu padre me pidió que te dejase esto al pasar.

Un hombre que tenía aspecto de camionero me entregó un gran paquete.

—Gracias —dije—. Muchísimas gracias.

Debí parecer sorprendido porque dijo:

—Hizo una llamada por la radio del camión por si había alguien que viniese hacia la calle Pacific y no le importaba hacer de

Papá Noel. Así que aquí estoy. Felices Navidades y muchos saludos.

Me dijo adiós con la mano y desapareció por el camino antes de que yo pudiese decir nada más.

—¡Maravilloso! —le dije a mi madre—. ¡Maravilloso!

Ella seguía allí de pie en bata sonriendo mientras yo quitaba el papel aunque no era la mañana de Navidad. Mi padre me había enviado lo que yo siempre había querido: una cazadora acolchada con muchos bolsillos y una capucha que puede sujetarse al cuello con una cremallera. Me la probé encima del pijama. Me estaba bien de tamaño y me parecía estupenda. Recibir un regalo de mi padre por Navidad era aún mejor.

Hoy, día de Navidad, Katy nos invitó a comer, aunque ha sido una temporada de mucho trabajo. También estaban invitadas otras mujeres que trabajan con ella y sus niños, y un par de personas mayores de la vecindad.

Cuando volvíamos a casa, mi madre dijo:

—Katy tiene el corazón tan grande como un campo de fútbol. Fue una comida estupenda para personas que están solas.

No sé si es que estaba pensando en las navidades pasadas cuando nos inventamos las canciones sobre los tristes zapatos abandonados.

Querido señor Henshaw Imaginario:

Me he quedado atrás con el diario durante las vacaciones de Navidad porque he tenido mucho que hacer, como ir al dentista para un chequeo, comprarme unos zapatos nuevos y muchas otras cosas que no se hacen cuando se va al colegio.

Hoy escribí un nombre falso, o seudónimo

como se dice a veces, en la bolsa de la comida. Escribí en ella Joe Kelly porque ese era el nombre del chico de *Maneras de divertir a un perro,* y por eso sabía que era un nombre ficticio. Creo que conseguí engañar al ladrón, pues no me robaron ni las castañas en dulce ni los higadillos de pollo envueltos en bacon que Katy había preparado especialmente para mí. Son muy ricos, incluso si se comen cuando están fríos. Espero que al ladrón se le hiciese la boca agua cuando me viese comérmelos.

Lunes, 8 de enero

Querido señor Henshaw Imaginario:

¡Mi padre me llamó por teléfono desde Hermiston, Oregón! Lo miré en el mapa y vi que estaba allí arriba, cerca del río Columbia. Me dijo que estaba esperando un cargamento de patatas. Oía un tocadiscos y a un grupo de hombres hablando. Le pregunté por Bandido, y me dijo que Bandido estaba muy bien, y que escuchaba muy atentamente durante los trayectos largos, aunque dice poco. Yo pregunté a mi padre si podría irme con él alguna vez el verano que viene, cuando haya terminado el colegio, y dijo que ya vería. *(Odio* contestaciones así.) En todo caso dijo que iba a enviar el cheque mensual y que sentía que se le hubiese olvidado, y que esperaba que me hubiese gustado la chaqueta.

Desde luego cómo me gustaría que mi padre volviese a vivir con nosotros, pero dijo que me llamaría al cabo de una semana y que me sonase las narices. Que tenía que irse a ver si habían cargado bien las patatas para que no se moviesen al tomar una curva.

Hoy ha sido un buen día. Y tampoco me han tocado la comida.

El señor Fridley es muy gracioso. A muchos chicos les están poniendo los dientes derechos, así que cuando van a comer se quitan el aparato y lo envuelven en una servilleta de papel, mientras comen, pues a nadie le apetece ver una aparato lleno de saliva. A veces se olvidan y tiran la servilleta con el aparato al cubo de la basura. Entonces tienen que buscarlo entre latas pringosas y basuras hasta que lo encuentran, porque los aparatos cuestan mucho dinero y los padres se indignan si los pierden. El señor Fridley se pone siempre al lado del cubo para asegurarse de que los chicos que comen la comida del colegio ponen los tenedores y cucharas en una bandeja y no los tiran a la basura. Siempre que alguno de los que lleva aparato limpia su plato el señor Fridley le dice: «Cuidado. No pierdas la dentadura postiza.» Esto ha disminuido el número de aparatos que se pierden.

Mi madre dice que salgo a mi padre en una cosa. En que tengo los dientes bonitos y derechos lo que es un gran ahorro.

Martes, 9 de enero

Querido señor Henshaw Imaginario:
Hoy al mediodía me faltaba el pastelillo de queso, lo cual me puso indignado. Supongo que es que alguien se dio cuenta de que la comida de Joe Kelly era en realidad la mía. Cuando fui a tirar la bolsa de la comida al cubo de la basura el señor Fridley me dijo:

—Anímate, Leigh, o acabarás pisándote la barbilla.

Yo le dije:

—¿Cómo se sentiría usted si alguien le robase siempre lo más rico de su comida?

—Lo que te hace falta es una alarma contra robos —dijo.

Qué idea, ¡una alarma contra robos en una bolsa de comida! Eso me hizo reír, pero seguía apeteciéndome el pastel de queso.

Mi padre debe de estar para llamarme uno de estos días. Cuando lo comenté a la hora de la cena (carne con chile de lata), mi madre dijo que no me hiciese demasiadas ilusiones, pero sé que mi padre se acordará esta vez. Mi madre en realidad nunca habla mucho de mi padre y cuando le pregunto por qué se divorció de él no dice más que:

—Para divorciarse tiene que haber dos personas.

Me parece que quiere decir lo mismo que para que haya pelea tiene que haber dos que quieran pelearse.

Mañana voy a envolver la bolsa de la comida con mucha cinta adhesiva para que nadie pueda birlarme nada de ella.

Miércoles, 10 de enero

Querido señor Henshaw Imaginario:

Es curioso que, a veces, cuando alguien dice algo uno no pueda olvidarlo. No hago más que pensar en lo que me dijo el señor Fridley de que me hacía falta una alarma contra robos en la bolsa de la comida. ¿Cómo podría ponerse una alarma en una bolsa de papel? Hoy puse tanta cinta adhesiva en mi bolsa, que me costó mucho trabajo sacar la comida. Y todo el mundo se rió.

Mi padre debería de llamarme hoy o mañana. Si viniese a casa a lo mejor sabía cómo podría yo hacer una alarma contra robos para la bolsa de la comida. Se daba mucha maña para ayudarme a construir cosas, lo malo es que había muy poco sitio en la casa ambulante en que vivíamos y había que tener cuidado de donde se martilleaba porque, al menor descuido, saltaba un pedazo de plástico.

Volví a leer la carta que usted me escribió aquella vez contestando a mis preguntas, y estuve pensando en sus consejos para escribir un libro. Uno de los consejos era *escuchar*. Supongo que lo que quería decir era que escuchase y escribiese lo que la gente habla, algo así como si fuese una función de teatro. Y esto es lo que mi madre y yo hablamos a la hora de cenar. (Pastelillos de pollo congelados):

YO.—Mamá, ¿cómo es que no te vuelves a casar?

MAMÁ.—Oh, no sé. Me parece que no es fácil encontrar a un hombre cuando ya no se va al colegio.

YO.—Pero a veces sales. Fuiste a cenar con Charlie un par de veces. ¿Qué ha sido de él?

MAMÁ.—Un par de veces fue suficiente. Ése es el final de Charlie.

YO.—¿Cómo fue eso?

MAMÁ.—*(Se queda pensando un momento.)*

Charlie está divorciado y tiene tres hijos a los que mantener. Lo que Charlie realmente quiere es alguien que le ayude.

YO.—Ah. *(Tres hermanos o hermanas de repente es como para pensarlo.)* Pero veo hombres por todas partes. Hay muchos hombres.

MAMÁ.—Pero no de los que se casan. *(Suelta una especie de risita.)* A lo mejor es que tengo miedo de encontrarme con otro hombre que esté enamorado de un camión.

YO.—*(Pienso sobre esto y no contesto.)* «Mi padre enamorado de un camión? ¿Qué quiere decir?»

MAMÁ.—¿Por qué me haces todas estas preguntas, así, de repente?

YO.—Estaba pensando que si tuviese un padre en casa a lo mejor podía enseñarme a hacer una alarma contra robos para la bolsa de la comida.

MAMÁ.—*(Riendo.)* Creo que debe de haber una manera más fácil de hacerlo que casándome de nuevo.

Final de la conversación

* * *

Querido señor Henshaw:

Ésta es una carta de verdad que voy a echar al correo. Quizá debiera explicarle que le he escrito muchas cartas que son, en realidad, un diario que llevo porque usted me dijo que debería hacerlo, y porque mi madre sigue sin querer que nos arreglen la televisión. Quiere que tenga la sesera en buenas condiciones. Dice que voy a necesitar la cabeza toda mi vida.

¿Sabe una cosa? Hoy la bibliotecaria del colegio me paró en la entrada para decirme que tenía algo para mí y que fuese a la biblioteca. Allí me entregó su nuevo libro y me dijo que podía ser el primero en leerlo. Debí de parecer sorprendido. Me dijo que sabía cuánto me gustaban sus libros puesto que los saco con tanta frecuencia. Ahora sé que el señor Fridley no es la única persona que se fija en mí.

Estoy en la página catorce de *Los osos mendigos*. Es un buen libro. Y quería sencillamente que supiese que soy la primera persona de por aquí que lo está leyendo.

Su hincha número uno,

Leigh Botts

Querido señor Henshaw:

He terminado *Los osos mendigos* en dos noches. Es un libro realmente bueno. Al principio me sorprendía que no fuese gracioso como sus otros libros, pero luego me puse a pensar (usted me dijo que los autores deberían pensar) y decidí que un libro no tiene por qué ser necesariamente gracioso para ser bueno, aunque a veces ayuda. Este libro no necesitaba ser gracioso.

En el primer capítulo creí que iba a ser gracioso. Supongo que es que lo esperaba por sus otros libros, y porque la osa madre enseñaba a sus oseznos mellizos a mendigar a los turistas en el Parque de Yellowstone. Luego, cuando la madre se murió porque un turista estúpido le dio a comer un bollo metido en una bolsa de plástico, y se comió la bolsa también, me di cuenta de que iba a ser un libro triste. El invierno llegaba, los turistas abandonaban el parque y los ositos no sabían buscarse la comida solos. Cuando hibernaron y se despertaron en pleno invierno porque habían comido cosas que no eran adecuadas y no habían almacenado suficiente grasa, casi me eché a llorar. ¡Qué aliviado me sentí cuando el simpático guardabosques y su hijo encontraron a los ositos y les dieron de comer y al verano siguiente les enseñaron a buscar lo que debían comer!

Me intriga lo que les pasa a los padres de los osos ¿Es sencillamente que se marchan?

A veces me quedo despierto escuchando el pim-pim de la estación de gasolina y me preocupa que pueda suceder algo a mi madre. Es tan pequeña, comparada con la mayoría de las madres, y trabaja tanto. Me parece que mi padre no se interesa mucho por mí. No me llamó por teléfono cuando dijo que lo haría.

Espero que su libro gane un millón de premios.

Afectuosamente,

Leigh Botts

Querido señor Henshaw:

Muchas gracias por enviarme la tarjeta postal con el lago y las montañas y toda esa nieve. Sí, continuaré escribiendo en mi diario, incluso aunque tenga que hacer como que le escribo a usted. ¿Sabe una cosa? Que me parece que me encuentro más animado cuando escribo el diario.

Mi profesora dice que mi redacción ha mejorado. A lo mejor, realmente, llego a ser un escritor famoso algún día. Nos dijo que nuestro colegio, junto con otros colegios, va a editar (quiere decir fotocopiar) un libro con trabajos de autores jóvenes, y que yo debería escribir una historia para él. El que escriba el mejor trabajo ganará un premio —comerá con un famoso escritor y con los ganadores de otros colegios—. Espero que el escritor famoso sea usted.

No recibo cartas con mucha frecuencia, pero hoy recibí dos tarjetas, una de usted y otra de mi padre desde Kansas. Su postal era de un almacén de grano. Dijo que me llamaría en algún momento la semana próxima. Me gustaría que algún día tuviese que llevar un cargamento de algo a Wyoming y que me llevase para conocerle a usted.

Esto es todo por ahora. Voy a tratar de inventar un cuento. No se preocupe. No se lo enviaré para que lo lea. Sé que está usted ocupado y no quiero ser un incordio.

Su buen amigo,

Leigh Botts Primero

Del diario de Leigh Botts

Sábado, 20 de enero

Querido señor Henshaw Imaginario:
Cada vez que me pongo a inventar un cuento resulta que se parece a algo que ha escrito otra persona, generalmente usted. Quiero hacer lo que usted me dijo en sus consejos y escribir como *yo*, no como otra persona. Seguiré intentándolo porque quiero llegar a ser un Escritor Joven y que se publique mi cuento. Quizá no se me ocurra ningún cuento porque estoy esperando que mi padre me llame. Me siento muy triste cuando estoy solo en casa porque mi madre está en su clase de enfermera.

Ayer me robaron un pedazo de pastel de boda de la bolsa de la comida. Era de los que en el Servicio de Comidas Katy meten en unas cajitas blancas para que la gente se las lleve a casa de las bodas. El señor Fridley se dio cuenta que volvía a estar con cara de mal humor y me dijo:

—¡Así que el ladrón de la bolsa de la comida ha vuelto a atacar!

Yo le dije:

—Sí, y mi padre no me ha telefoneado.

Y me contestó:

—No creas que eres el único chico que hay por aquí con un padre olvidadizo.

No sé si esto es verdad. El señor Fridley está atento a todo lo que ocurre en el colegio, así que probablemente sea verdad.

Me encantaría tener un abuelo como el señor Fridley. Es tan simpático, como mullido y cómodo.

Lunes, 29 de enero

Querido señor Henshaw Imaginario:

Mi padre sigue sin llamar y me prometió que lo haría. Mi madre no para de decirme que no debería hacerme ilusiones porque mi padre a veces se olvida. Yo no creo que debería olvidarse de lo que escribió en una tarjeta. Me siento fatal.

Querido señor Henshaw Imaginario:

Estuve mirando el mapa de carreteras y supuse que mi padre debería de estar ya de vuelta en Bakersfield, pero sigue sin llamarme por teléfono. Mi madre me ha dicho que no sea tan duro con él porque la vida de un camionero no es fácil. Los camioneros a veces pierden algo del sentido del oído en su oreja izquierda a causa del viento que sopla por la ventanilla del conductor. Dice que los

camioneros se deforman de estar sentados tantas horas sin hacer ejercicio y de comer demasiada comida grasienta. A veces tienen úlcera producida por la tensión de tratar de hacer un buen tiempo en la carretera. El tiempo es dinero, para un camionero. Me parece que lo que está intentando es que me ponga contento, pero no lo consigue. Me siento fatal.

Yo le dije:

—Si la vida de un camionero es tan dura, ¿cómo es que mi padre está tan encariñado con su camión?

Mi madre dijo:

—No es realmente con su camión con lo que está encariñado de verdad. Lo que le entusiasma es la sensación de poder cuando está sentado en lo alto de la cabina controlando una máquina tan poderosa. Le entusiasma la emoción de no saber nunca donde le va a llevar su próximo viaje. Le entusiasman las montañas, y los amaneceres en el desierto, y la visión de los naranjos cargados de naranjas, y el olor de la alfalfa recién cortada. Lo sé porque yo iba con él hasta que tú llegaste.

Sigo sintiéndome terriblemente triste. Si a mi padre le entusiasman tanto todas esas cosas, ¿por qué no me quiere a mí? Y puede

que si yo no hubiese nacido mi madre siguiese acompañando a mi padre. Quizá yo
tenga la culpa de todo.

Miércoles, 31 de enero

Querido señor Henshaw Imaginario:
Mi padre sigue sin llamar. Las promesas
son promesas, especialmente si se hacen por
escrito. Cuando suena el teléfono es siempre
una llamada de una de las señoras con las
que trabaja mi madre. Estoy iracundo (saqué
esa palabra de un libro, pero no de uno de
los suyos). Estoy furioso con mi madre por
haberse divorciado de mi padre. Como dice
que para divorciarse tiene que haber dos personas, estoy furioso con dos personas. Qui-
siera que Bandido estuviera aquí para acom-
pañarme. Bandido y yo no nos divorciamos.
Fueron ellos los que lo hicieron.

Jueves, 1 de febrero

Querido señor Henshaw Imaginario:
Hoy había malas noticias en el periódico.
La refinería de azúcar va a cerrar. Aunque
ahora mi padre viaja por todo el país, sigo esperando que a lo mejor transporte alguna vez

un buen cargamento de remolacha a Spreckels. Ahora, a lo mejor, o a lo peor, no vuelvo a verle.

Querido señor Henshaw Imaginario:

Estoy escribiendo esto porque estoy atrapado en mi cuarto con un par de niños pequeños que duermen en sus cestitos encima de mi cama. Mi madre ha invitado a algunas de sus amigas a casa. Se sientan a beber té o café y a hablar de sus problemas que son generalmente los hombres, el dinero, los niños y los caseros. Algunas hacen colchas con pedazos de tela mientras hablan, esperando poderlas vender para sacar algo de dinero. Es mejor estar aquí con los niños que salir y decir: «Hola, claro, ya lo creo que me gusta mucho el colegio. Sí, me parece que he crecido», y todas esas cosas.

Mi madre tiene razón en lo que dice de mi padre y su camión. Recuerdo lo emocionante que era ir con él y escuchar las llamadas que le hacían por radio. Mi padre me contaba que los halcones se posan en los cables del teléfono esperando a los animales pequeños que mueren atropellados, para no tener que molestarse en salir a cazar. Mi padre dice que la

civilización está acabando con los halcones. Ese día remolcaba una góndola llena de tomates, y me dijo que hay unos tomates que se cultivan de manera especial para que sean muy duros y no se espachurren cuando se cargan en un remolque. Quizá no tengan mucho sabor pero no se espachurran.

Ese día tuvimos que pararnos en una báscula. Mi padre había gastado el suficiente gasóleo para que su carga estuviese por debajo del peso autorizado, y la patrulla de carretera no le hizo pagar la multa por llevar exceso de carga. Luego comimos en la parada de camiones. Todo el mundo parecía conocer a mi padre. Las camareras dijeron todas: «Vaya, mira quien acaba de aparecer. Nuestro viejo compañero, Bill *el Bravo*» y cosas así. Bill *el Bravo* de Bakersfield es el nombre que mi padre utiliza en la radio.

Cuando mi padre dijo: «Os presento a mi chaval», yo me puse de pie y me estiré lo más que pude para que pensasen que iba a ser tan alto como mi padre. Las camareras se pusieron todas a reír alrededor de mi padre. De comida tomamos filetes de pollo fritos, puré de patata con mucha salsa, guisantes de lata y tarta de manzana con helado. Nuestra camarera me dio más helado para que crezca tanto como mi padre. La mayoría de los camioneros comieron verdaderamente muy deprisa y se marcharon, pero mi padre se quedó bromeando durante un rato y entreteniéndose con los vídeo-juegos. Mi padre siempre marca muchos tantos con cualquier máquina con la que juegue.

Las amigas de mi madre están recogiendo a sus niños, así que me parece que ahora podré irme a la cama.

Domingo, 4 de febrero

Querido señor Henshaw Imaginario:
Odio a mi padre.
Mi madre está generalmente en casa los domingos, pero esta semana había un campeonato de golf muy importante, y esto quiere decir que la gente rica da fiestas, así que tuvo que ir a rellenar, con cangrejo picado, alrededor de un millón de tartaletas de hojaldre. A mi madre deja de preocuparle el pago del alquiler cuando hay un campeonato de golf importante.

Estaba solo en casa, llovía y no tenía nada que leer. Debía haberme dedicado a quitar algo de moho de las paredes del cuarto de baño con una sustancia que huele muy mal, pero no lo hice porque estaba furioso con mi madre por haberse divorciado de mi padre. A veces me pongo así, lo cual me hace sentirme muy mal porque sé lo mucho que tiene que trabajar, además de ir a sus clases.

No apartaba la vista del teléfono, hasta que no pude aguantarlo más. Cogí el aparato y marqué el número de mi padre en Bakersfield. Incluso me acordé de marcar el 1 primero porque era una conferencia. No quería más que oír la llamada del teléfono en el camión de mi padre, lo cual no le iba a costar nada a mi madre porque no contestaría nadie.

Pero mi padre contestó. Estuve a punto de colgar. No estaba de viaje en otro estado. Estaba en su camión y no me había llamado.

—Me prometiste llamar esta semana y no lo has hecho —dije, pues comprendí que no me quedaba más remedio que hablar con él.

—No te preocupes, chaval —dijo—. Es que no tuve tiempo. Te iba a llamar esta noche. Aún no ha terminado la semana.

Me quedé pensando.

—¿Qué te preocupa? —dijo.

No supe que contestarle, así que dije:

—Mi comida. Alguien me roba las cosas ricas que llevo para comer.

—Búscale y dale un puñetazo en las narices —dijo mi padre.

Me di cuenta de que no le parecía importante lo de mi comida.

—Tenía esperanzas de que me llamases —dije—. Estuve esperando y esperando.

Luego sentí haberlo dicho porque todavía me queda algo de orgullo.

—Había mucha nieve en las montañas —dijo—. Tuve que poner las cadenas en la carretera 80 y perdí tiempo.

Por el mapa sé que la carretera 80 cruza la sierra. También sé lo que es poner cadenas en un camión. Cuando hay mucha nieve los camioneros tienen que poner cadenas en las ruedas —en las ocho—. El poner cadenas en ocho grandes ruedas en plena nieve no es divertido. Me sentí un poco más animado.

—¿Cómo está Bandido? —le pregunté para seguir hablando.

Hubo un silencio muy extraño. Durante un minuto pensé que la línea se había cortado. Entonces comprendí que algo debía de haber ocurrido a mi perro.

—¿Cómo está Bandido? —pregunté de nuevo más alto por si mi padre había perdido algo de oído en su oreja izquierda a causa del viento.

—Bueno, chaval... —empezó.

—Me llamo Leigh —grité—. No soy un

chaval cualquiera que te hayas encontrado en la calle.

—No te sulfures, Leigh —dijo—. Cuando me vi obligado a pararme con otros camioneros para poner las cadenas dejé a Bandido que saliese de la cabina. Pensé que volvería en seguida porque nevaba mucho pero, después de poner las cadenas, no estaba en la cabina.

—¿Le dejaste la puerta abierta? —pregunté.

Hubo una larga pausa.

—Podría jurar que lo había hecho —dijo, lo que quería decir que no lo había hecho. Luego dijo—: Silbé una y otra vez pero Bandido no apareció. No podía esperar más porque la patrulla de la carretera hablaba de cerrar la carretera 80. Y no podía quedarme atrapado, allí arriba en las montañas, pues tenía un plazo fijo para entregar un cargamento de aparatos de televisión a un comerciante de Denver. Tuve que marcharme. Lo siento, chaval —Leigh—, pero ha sido así.

—Dejaste a Bandido morirse de frío. —Lloraba de indignación ¿Cómo era capaz de haber hecho eso?

—Bandido sabe cuidarse solo —dijo mi padre—. Apostaría dólares contra *donuts* a que se subió a algún otro camión que salía.

Me limpié las narices en la manga.

—¿Por qué había de dejarle el conductor?
—pregunté.

—Porque pensaría que Bandido se había
perdido —dijo mi padre—, y tendría que
seguir con su carga antes de que cerrasen la
carretera, lo mismo que me ocurrió a mí. No
podía dejar a un perro que se congelase.

—¿Y la radio? —pregunté—. ¿No enviaste
una llamada?

—Ya lo creo que lo hice, pero no tuve respuesta. Las montañas cortan las transmisiones —me dijo mi padre.

Estuve a punto de decirle que lo comprendía, pero aquí viene lo malo, lo realmente malo. Oí la voz de un chico que decía:

—Oye, Bill, mi madre quiere saber cuándo vamos a salir a comer pizza.

Me sentí como si se me hundiera el mundo. Colgué. No quería oír nada más, puesto que además mi madre tenía que pagar la llamada. No quería oír nada más.

Continuará.

Lunes, 5 de febrero

~~Querido señor Henshaw~~:

Ya no tengo que hacer como que escribo al señor Henshaw; he aprendido a decir lo que pienso en una hoja de papel. Y tampoco odio a mi padre. No puedo odiarle. A lo mejor todo sería más fácil si pudiese.

Ayer, después de colgar a mi padre, me tiré en la cama y lloré y juré y golpeé la almohada. Me sentía muy triste de pensar que Bandido andaba por ahí con un camionero desconocido, y que mi padre iba a llevar a otro chico a comerse una pizza cuando yo estaba solo en casa, con el cuarto de baño lleno de moho, mientras llovía fuera, y tenía hambre. Lo peor de todo era que sabía que si mi padre llevaba a alguien a una pizzería para cenar, desde luego no me habría llamado, dijese lo que dijese. Se entretendría demasiado con los vídeo-juegos.

Luego oí el coche de mi madre que se paraba delante de casa. Corrí y me lavé la cara y traté de que no se notase que había llorado, pero no pude engañarla. Se acercó a la puerta de mi habitación y dijo:

—Hola, Leigh.

Traté de mirar hacia otro lado pero ella se me acercó en la semioscuridad y me dijo:

—¿Qué te pasa Leigh?

—Nada —dije.

Pero ella lo sabía. Se sentó y me rodeó con el brazo. Traté con todas mis fuerzas de no llorar pero no pude evitarlo.

—Papá ha perdido a Bandido —conseguí decir finalmente.

—¡Oh, Leigh! —dijo.

Y yo le solté todo el cuento, incluido lo de la pizza, llorando a lágrima viva. Nos quedamos sentados ahí un rato y luego dije:

—¿Por qué te casaste con él?

—Porque estaba enamorada de él —contestó.

—¿Por qué dejaste de amarle? —pregunté.

—Porque nos casamos demasiado jóvenes

—dijo—. En aquella pequeña ciudad del valle donde me crié, donde no había nada más que artemisas, pozos de petróleo y liebres, había poco en que entretenerse. Recuerdo que por la noche solía contemplar las luces de Bakersfield a lo lejos y deseaba poder llegar a vivir en un sitio como aquél, que parecía tan grande y tan interesante. Resulta curioso ahora pero, entonces, creía que era como Nueva York o París.

»Después de terminar el colegio, la mayoría de los chicos se marchaban a trabajar en los pozos de petróleo o se iban al ejército, y las chicas se casaban. Algunos iban a la universidad, pero yo no conseguí que mis padres quisiesen ayudarme para ello. Después del bachillerato tu padre apareció en un gran camión y, bueno, eso fue todo. Era alto y guapo y nada parecía preocuparle, y por la forma en que manejaba su camión, bueno, pues me parecía un caballero vestido con una brillante armadura. En casa el ambiente no era muy feliz, con tu abuelo que bebía... Así que tu padre y yo nos escapamos a Las Vegas y nos casamos. Me divertía ir con él de viaje hasta que tú llegaste, y, bueno, para entonces ya tenía bastante de carreteras y de paradas de camiones. Me quedé en casa contigo y él estaba fuera la mayoría del tiempo.

Me sentí un poco más animado cuando mi madre me dijo que estaba cansada de la vida de la carretera. A lo mejor yo no tenía toda la culpa. Me acordaba también de que mi madre y yo estábamos mucho solos y de que yo odiaba vivir en aquella casa ambulante. Los únicos sitios a los que íbamos alguna vez era a la lavandería y a la biblioteca. Mi madre leía mucho, y solía leerme a mí también. Hablaba con frecuencia de la directora de su colegio, a la que le gustaba tantísimo leer que hacía que todo el colegio dedicase el mes de abril a festejar a escritores y libros.

Entonces mi madre continuó:

—Ya no me parecía que el jugar al futbolín en una taberna los sábados por la noche era divertido. Quizá fuese porque yo me había hecho mayor y tu padre no.

De repente mi madre rompió a llorar. Me sentí horrible por hacer llorar a mi madre, así que empecé también a llorar otra vez, y los dos estuvimos llorando hasta que dijo:

—No tienes la culpa, Leigh. No debes jamás pensar eso. Tu padre tiene muy buenas cualidades. Lo malo es que nos casamos demasiado jóvenes y a él le divierte la emoción de la vida de la carretera y a mí no.

—Pero perdió a Bandido —dije—. No le

dejó la puerta de la cabina abierta cuando nevaba

—A lo mejor es que Bandido es un vagabundo —dijo mi madre—. Sabes, algunos perros lo son. ¿No te acuerdas cómo saltó a la cabina de tu padre la primera vez? A lo mejor es que le apetecía pasarse a otro camión.

Podía tener razón, pero a mí no me gustaba creerlo. Casi me daba miedo hacer la siguiente pregunta, pero la hice.

—¿Mamá, sigues queriendo a papá?

—Por favor, no me lo preguntes —dijo.

Yo no sabía qué hacer, así que me quedé sentado hasta que se secó los ojos y se sonó. Luego dijo:

—Vamos, Leigh, vamos a salir.

Así que nos subimos al coche y nos fuimos a un sitio donde venden pollo frito, y compramos unas raciones de pollo. Luego nos fuimos a dar una vuelta en el coche a lo largo de la costa y nos comimos el pollo mientras la lluvia resbalaba por el parabrisas y las olas rompían contra las rocas.

Con el pollo daban unas cajitas de puré de patata y de salsa, pero se habían olvidado de los tenedores de plástico. Tuvimos que comernos el puré de patata utilizando los huesos de pollo como cuchara, lo cual nos hizo reír un poco. Mi madre puso en marcha los limpiaparabrisas y fuera, en la oscuridad, veíamos la espuma de las olas al romper. Abrimos las ventanas para oír cómo llegaban y rompían una tras otra.

—Sabes —dijo mi madre—, siempre que contemplo las olas, tengo la impresión de que por muy mal que nos parezca que van las cosas, la vida continuará.

Eso es lo que pensaba yo también, pero no hubiese sabido cómo decirlo, así que solamente dije:

—Sí.

Luego volvimos a casa.

Ahora me siento mucho mejor con mi madre. Con mi padre, no estoy tan seguro, aunque ella diga que tiene buenas cualidades. No me gusta pensar que Bandido es un vagabundo, pero a lo mejor mi madre tiene razón.

Martes, 6 de febrero

Hoy me sentía tan cansado que no tuve ni que tratar de ir despacio al colegio. Lo hice naturalmente. El señor Fridley ya había izado las banderas cuando llegué. El oso de California estaba hacia arriba, así es que, después de todo, a lo mejor el señor Fridley, no me necesitaba para que le ayudase. Al llegar tiré la bolsa de la comida al suelo y ni me importó que pudiesen robarme algo. A la hora de la comida tenía hambre de nuevo y, cuando vi que me faltaba el pastelillo de queso, volví a ponerme furioso.

Voy a averiguar quién me roba la comida. y quien sea me las va a pagar. Se va a acordar de mí. También puede ser una chica. Sea quien sea, ya verá.

Traté de empezar una historia para los Escritores Jóvenes. Llegué hasta el título, que era: *Maneras de coger a un ladrón de bolsas de comida*. Lo único que se me ocurría era poner un cepo para ratones en la bolsa y, de todos modos, el título se parecía demasiado al del libro del señor Henshaw.

Hoy, durante la clase de ortografía, me puse tan furioso al pensar en el ladrón de mi comida que pedí permiso para ir al cuarto de baño. Al salir hacia el vestíbulo agarré la bolsa de comida que estaba más cerca de la puerta y, cuando iba a darle una patada para tirarla al vestíbulo, noté que me cogían por el hombro, y allí estaba el señor Fridley.

—¿Pero qué estás haciendo? —preguntó, y esta vez no estaba ni mucho menos de broma.

—Vaya y cuénteselo al director —dije—. Y verá lo poco que me importa.

—A ti a lo mejor no —dijo—, pero a mí sí que me importa.

Esto me sorprendió

Entonces el señor Fridley me dijo:

—No quiero ver a un chico como tú meterse en líos, y eso es lo que me parece que vas a conseguir.

—No tengo amigos en este maldito colegio.

No sé por qué dije esto. Quizá fuese porque me parecía que tenía que decir algo.

—¿Quién va a querer ser amigo de alguien que está de mal humor todo el tiempo? —preguntó el señor Fridley—. Por lo visto tienes problemas. Bueno, pues lo mismo que todo el mundo, si te molestas en observarlo.

Pensé entonces en mi padre en las montañas poniendo cadenas a ocho pesadas ruedas en medio de la nieve, y pensé en mi madre rellenando, con cangrejo picado, cientos de tartaletas de hojaldre y haciendo billones de emparedados diminutos para que se los zampen los golfistas, y con la preocupación de si Katy le pagará lo suficiente para pagar el alquiler.

—El dedicarte a dar puntapiés a las comidas con cara de mal humor no te va a servir de nada —dijo el señor Fridley—. Tienes que tener sentido común.

—¿Cómo? —pregunté.

—Eso es cosa tuya —dijo, y me dio un pequeño empujón en dirección a la clase.

Nadie me vio volver a dejar la bolsa de la comida en el suelo.

Miércoles, 7 de febrero

Hoy después del colegio me sentía tan asqueado que me fui a dar un paseo. No iba a ningún sitio en especial. No iba más que a pasear. Iba calle abajo, después de pasar la tienda de pinturas, y las tiendas de antigüedades, y la panadería y todos esos sitios, y luego la estafeta de correos, cuando llegué a un letrero que decía ÁRBOLES DE LAS MARIPOSAS. Había oído hablar mucho de estos árboles a los que vienen volando mariposas desde muy lejos para pasar el invierno. Seguí unas flechas hasta que llegué a un bosquecillo de pinos y eucaliptos cubiertos de musgo con unos indicadores que decían: SILENCIO. También había un gran letrero que decía: AVISO. SE MULTARÁ CON 500 DÓLARES A QUIEN MOLESTE A LAS MARIPOSAS. Sonreí. ¿Quién iba a querer molestar a una mariposa?

El lugar estaba tan silencioso —parecía

una iglesia— que me puse a andar de pun-
tillas. El bosquecillo era sombrío y al principio pensé que todos los letreros sobre las mariposas eran una especie de atracción para turistas, pues no había visto más que tres o
cuatro mariposas revoloteando. Luego des-
cubrí que algunas de las ramas tenían un aspecto un tanto extraño, como si estuviesen
cubiertas de pequeños palitos de color
marrón.

Después apareció el sol detrás de una
nube. Los palitos empezaron a moverse y
fueron abriendo las alas lentamente hasta

convertirse en mariposas de color naranja y negro. Había miles tembloteando en un árbol. Luego empezaron a revolotear entre los árboles al sol. Eran verdaderas nubes de mariposas, y eran tan bonitas que sentí un verdadero bienestar y me quedé parado observándolas hasta que empezó a caer la niebla. Entonces volvieron las mariposas y se convirtieron de nuevo en palitos de color marrón. Me recordaron a Cenicienta cuando volvía del baile, que es un cuento que mi madre me leía.

Estaba tan contento que fui corriendo hasta casa y, mientras corría, se me ocurrió una idea para mi cuento.

También me di cuenta de que algunas tiendas tenían (cerca del tejado) una caja de metal que decía: «Sistema de alarma.» Eso mismo tiene la estación de gasolina de al lado de casa. Me intriga lo que hay dentro de esas cajas.

Jueves, 8 de febrero

Hoy al volver del colegio me asomé a la valla y grité a un hombre que trabaja en la estación de gasolina:

—Oye, Chuck ¿qué hay en esa caja que

tenéis a un lado de la gasolinera que dice Sistema de alarma?

Sé que se llama Chuck porque lo lleva puesto en el uniforme.

—Unas pilas —me dijo Chuck—. Pilas y un timbre.

Lo de las pilas es como para pensar en ello.

Empecé otro cuento que espero se publique en el Anuario de los Escritores Jóvenes. Me parece que lo voy a titular *El hombre de cera de tres metros de alto*. Todos los chicos de mi clase están escribiendo historias fantásticas llenas de monstruos, rayos láser y seres extraterrestres. Las chicas, según parece, están escribiendo, sobre todo, poesías o historias de caballos.

Cuando estaba trabajando en el cuento tuve una idea brillante. Si llevaba la comida en una caja negra, del tipo de las que llevan los hombres, y ponía unas pilas, a lo mejor podía incorporarle una alarma contra robos.

Viernes, 9 de febrero

Hoy recibí una carta de mi padre con el matasellos de Alburquerque, Nuevo Méjico. Pensé que al menos sería una carta, pero cuando abrí el sobre encontré un billete de veinte dólares y una servilleta de papel. En la servilleta había escrito:

Siento lo de Bandido. Ahí te envío 20 dólares. Cómprate un helado de cucurucho.

Tu padre

Me puse tan contento que no podía ni hablar. Mi madre leyó la servilleta y dijo:

—Tu padre no quiere realmente decir que te compres un helado.

—Entonces, ¿por qué lo ha escrito? —pregunté.

—Esa es su forma de tratar de decir que siente de verdad lo de Bandido. Lo que pasa es que no se le da muy bien lo de expresar sus sentimientos. —Mamá parecía triste cuando añadió— Algunos hombres son así, sabes.

—¿Y qué es lo que debo hacer con los 20 dólares? —pregunté, y no es que no tengamos en qué gastárnoslos.

—Guárdalos —dijo mi madre—. Son tuyos y te vendrán bien.

Cuando pregunté si tenía que escribir a mi padre para darle las gracias, mi madre me miró de forma extraña y dijo:

—Eso es cosa tuya.

Esta noche trabajé mucho en el cuento

sobre el hombre de cera que estoy escribiendo para los Escritores Jóvenes, y decidí guardar los 20 dólares pensando ahorrar lo suficiente para comprarme una máquina de escribir. Cuando llegue a ser un escritor de verdad necesitaré una buena máquina de escribir.

* * *

Querido señor Henshaw:

Hace mucho tiempo que no le escribo porque sé que está usted ocupado, pero necesito ayuda para el cuento que estoy tratando de escribir para el Anuario de los Escritores Jóvenes. Lo empecé, pero no sé cómo terminarlo.

Mi cuento es sobre un hombre muy alto que conduce un gran camión, del estilo del que conduce mi padre. El hombre es de cera, y cada vez que cruza el desierto se derrite un poco. Hace tantos viajes y se derrite tanto que, al final, no puede ni manejar los mandos ni llegar al freno. Y no sé continuar. ¿Qué debo hacer?

Los chicos de mi clase que están escribiendo sobre monstruos lo que hacen es introducir un nuevo monstruo en la última página y terminan con los malvados con un rayo láser. Ese tipo de final no me parece bien. No sé por qué.

Por favor ayúdeme. Con una postal me bastaría.

Su esperanzado,

Leigh Botts

P.D. Hasta que empecé a escribir el cuento escribía en el diario casi todos los días.

28 de febrero

Querido señor Henshaw:

Muchas gracias por contestar mi carta. Me quedé muy sorprendido de que a usted le costase trabajo escribir cuentos cuando tenía mi edad. Creo que tiene razón. Quizá aún no esté preparado para escribir un cuento. Comprendo lo que quiere decir. El personaje de un cuento debe poder resolver un problema o cambiar de alguna manera. Me doy cuenta de que un hombre de cera, que se derrite hasta convertirse en un charco, no estaría para resolver nada, y que el derretirse no es el tipo de cambio a que usted se refiere. Quizá pudiese aparecer alguien en la última página y convertirle en velas. Esto le cambiaría del todo, pero ése no es el final que yo deseo.

Pregunté a la señorita Martínez si lo que tenía que escribir para los Escritores Jóvenes era un cuento, y me dijo que podía escribir también una poseía o una descripción.

Su agradecido amigo,

Leigh

P.D. Compré un ejemplar de *Maneras de divertir a un perro* en un rastrillo que había en un garaje. Espero que a usted no le importe.

Del diario de Leigh Botts

Me estoy quedando muy atrás en este diario por varias razones, entre ellas por trabajar en mi cuento y por escribir al señor Henshaw (el verdadero, no el imaginario). También porque tuve que comprarme un cuaderno nuevo pues ya había terminado el primero.

El mismo día me compré una caja negra con tapa para la comida en la tienda de objetos de ocasión que hay en la calle algo más abajo, y empecé a llevar en ella la comida. Los chicos se quedaron muy sorprendidos, pero nadie se rió de mí porque una caja negra no es lo mismo que una de esas cajas cuadradas cubiertas de personajes de comics que llevan los chicos de primero y segundo.

Un par de chicos me preguntaron si era de mi padre. No hice más que sonreír y dije:

—¿Dónde creéis que la he comprado?

Al día siguiente mis rollitos de salchichón rellenos de crema de queso habían desaparecido, pero lo esperaba. Pero he de coger a ese ladrón. Voy a hacer que le pese el haberse comido lo mejor de mis comidas.

Después fui a la biblioteca a buscar libros sobre pilas eléctricas. Saqué un par de libros fáciles sobre electricidad, realmente fáciles, porque nunca me han interesado las pilas. Lo único que sé es que, cuando se quiere utilizar una linterna, las pilas están generalmente gastadas.

Finalmente desistí de mi cuento sobre el hombre alto de cera pues era realmente una estupidez. Y decidí escribir una poesía sobre las mariposas para los Escritores Jóvenes, porque una poesía puede ser corta. Pero como resulta difícil pensar en las mariposas y en las alarmas contra robos al mismo tiempo, me puse a estudiar los libros de electricidad. Los libros no me daban instrucciones para instalar una alarma en una caja, pero aprendí bastante sobre pilas, interruptores y cables, así que creo que la podré idear yo mismo.

Esta noche he vuelto a trabajar en mi poesía. La única rima que se me ocurre para «mariposa» es «muy airosa». Se me ocurren rimas como «brisa» y «lisa», que son muy aburridas, y luego «silencioso» y «umbroso». Una poesía sobre las mariposas, silenciosas, preciosas, que están en ramas umbrosas, parece una tontería y, en cualquier caso, hay un par de chicas que ya están escribiendo poesías sobre las mariposas.

Algunas veces empiezo una carta a mi padre para darle las gracias por los 20 dólares pero tampoco puedo terminarla. No sé por qué.

Sábado, 3 de marzo

Hoy me fui con la caja de la comida y los 20 dólares de mi padre a la ferretería a echar un vistazo. Encontré un interruptor de luz corriente, una pila pequeña, y un timbre de puerta barato. Mientras buscaba por allí el tipo de cable que necesitaba, un hombre que me había estado observando (a los chicos de mi edad siempre se les observa cuando entran en un almacén) me preguntó si podía

ayudarme. Era un señor mayor, muy simpático, que me dijo:

—Hijo, ¿qué piensas hacer? *Hijo.*

Me llamó hijo, mientras que mi padre me
llama chaval. No quería decírselo a aquel
hombre, pero, cuando miró lo que llevaba
en la mano, sonrió y dijo:

—Te tienen fastidiado con la comida,
¿verdad?.

Asentí con la cabeza y dije:

—Estoy tratando de hacer una alarma
contra robos.

—Eso es lo que me figuraba —contestó—.
He tenido aquí a algunos trabajadores con el
mismo problema.

Resultó que lo que necesitaba era una pila
de linterna de 6 voltios en vez de la pila que
había cogido. Me dio un par de consejos, y
después de pagar las cosas, me dio un golpe-
cito en la espalda y dijo:

—Buena suerte, hijo.

Me marché a toda prisa a casa con todas
las cosas que había comprado. Primero hice
un letrero para la puerta que decía:

NO ENTRAR
MADRE,
ESTO VA POR TI

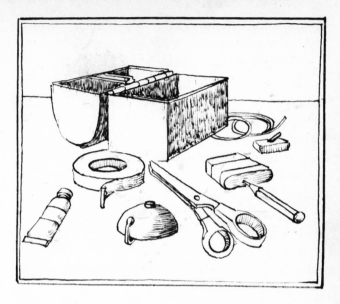

Entonces me puse manos a la obra. Por un lado uní un cable de la pila al interruptor, y del otro lado del interruptor lo sujeté al timbre. Luego uní un segundo cable de la pila al timbre. Me llevó algún tiempo que me quedase bien. Luego sujeté la pila con cinta adhesiva en una esquina de la caja de la comida y el timbre en la otra. Coloqué el interruptor en la parte de detrás de la caja y lo sujeté también con cinta adhesiva.

Aquí me encontré con un problema. Creí que podría meter la abrazadera de alambre, que hay en la caja para sujetar un termo, dento de la tapa de la caja y sujetarlo bajo el interruptor si lo hacía con cuidado al cerrar la caja. Pero la abrazadera no era bastante larga. Después de mucho pensar y experimentar le até una especie de presilla de alambre. Entonces cerré la caja pero dejando sitio para que me cupiera la mano y poder meter la presilla de alambre en el pulsador del interruptor. Luego saqué la mano y cerré la caja.

Entonces volví a abrir la caja ¡Mi alarma funcionaba! El timbre que había puesto dentro de la caja empezó a sonar con gran estrépito, lo que hizo que mi madre viniese a mi puerta.

—Leigh, ¿pero que pasa ahí dentro? —gritó para que la oyera a pesar del ruido que hacía la alarma.

La dejé entrar y le hice una demostración de mi alarma contra robos. Se rió y dijo que era un gran invento. Pero había una cosa que me preocupaba. ¿Amortiguaría el emparedado el sonido del timbre? Mi madre debió de haber pensado lo mismo porque sugirió que pegase en la tapa un pedazo de cartón que formase una especie de compartimiento aparte para el emparedado. Lo hice y eso funcionó también.

Estoy deseando que llegue el lunes.

Hoy mi madre me empaquetó la comida con mucho cuidado, y probamos la alarma para ver si seguía funcionando. Funcionaba muy bien y con mucho ruido. Cuando llegué al colegio el señor Fridley me dijo:

—Me gusta verte sonriendo. Debías tratar de hacerlo con más frecuencia.

Dejé la caja de la comida detrás del tabique y esperé. Estuve esperando toda la mañana a que sonase la alarma. La señorita Martínez me preguntó si atendía a mi trabajo. Contesté que sí pero, en realidad, estaba pendiente todo el tiempo de que la alarma sonase para poder salir corriendo y atrapar al ladrón. Como no ocurría nada empecé a preocuparme. A ver si es que el cable se había soltado del interruptor al ir al colegio.

Llegó la hora de comer, y la alarma seguía sin sonar. Cada uno cogió su comida y nos fuimos a la cafetería. Cuando coloqué la caja encima de la mesa delante de mí me di cuenta de que tenía un problema, un gran problema. Si el cable no se había soltado la alarma seguía conectada. Así que me quedé sentado mirando la caja de la comida sin saber qué hacer.

—¿Por qué no comes? —preguntó Barry con la boca llena.

Los emparedados de Barry nunca están cortados por la mitad y para empezar siempre da un gran mordisco en uno de los lados. Todos los que estaban en la misma mesa se me quedaron mirando. Pensé decir que no tenía hambre, pero la tenía. Pensé llevarme la caja al vestíbulo para abrirla allí pero, si la alarma seguía conectada, no había manera de abrirla sin que sonase. Finalmente pensé: vamos a ello. Desabroché los dos cierres y contuve el aliento mientras levantaba la tapa.

¡Uhhhh! La alarma había empezado a sonar. El ruido era tan grande que sorprendió a todos los que estaban en la mesa, incluso a mí, e hizo que todos los que estaban en la cafetería se volviesen para mirar. Levanté la cabeza y vi al señor Fridley, que estaba junto al cubo de la basura, sonriéndome. Entonces desconecté la alarma.

De repente todo el mundo parecía fijarse en mí. El director, que durante la hora de la comida siempre anda por allí viendo cómo van las cosas, vino hacia mí para examinar la caja y dijo:

—Vaya invento que tienes ahí.

—Gracias —dije, contento de que al direc-tor le hubiese gustado mi alarma.

Algunos de los profesores salieron de su comedor para ver qué era aquel ruido. Tuve que hacer una demostración. Según parece yo no era el único al que habían robado las cosas de la comida, y todos los niños dijeron que ellos también querían una alarma para sus cajas de la comida, incluso los que llevan cosas de comer que nunca son lo bastante buenas como para que se las roben. Barry dijo que él querría una alarma como esa para la puerta de su cuarto en casa. Empecé a sen-tirme como una especie de héroe. A lo mejor resulta que no soy tan mediocre después de todo.

Pero hay una cosa que me sigue preocu-pando. Sigo sin saber quién me robaba la comida.

Martes, 6 de marzo

Hoy Barry me pidió que fuese a su casa con él para ver si podía ayudarle a fabricar una alarma para su habitación, pues tiene un montón de hermanas y hermanastras pe-queñas que se meten en sus cosas. Pensé que podría, pues había visto una alarma de esas en uno de los libros de electricidad de la bi-blioteca.

Barry vive en una casa grande, antigua, que es como muy alegre y desordenada, con niñas pequeñas por todas partes. Pero resultó que Barry no tenía el tipo de pila que hacía falta, así que no hicimos más que jugar, y estuvimos viendo también sus construcciones. Barry no utiliza nunca las instrucciones cuando hace las construcciones, porque las instrucciones son demasiado difíciles y estropean la diversión. Las tira y él mismo inventa cómo han de encajar las piezas.

Sigo sin saber qué escribir para los Escritores Jóvenes, pero estaba tan contento que, finalmente, escribí a mi padre para darle las gracias por los 20 dólares, pues había encontrado una cosa útil en que gastarlos, aunque por ello no había podido guardarlos para comprar la máquina de escribir. Pero no le contaba gran cosa.

Me gustaría saber si mi padre se va a casar con la madre del niño de la pizza. Eso me preocupa mucho.

Jueves, 15 de marzo

Esta semana aparecieron varios chicos con cajas provistas de alarmas. Hay una canción que dice que las colinas estaban invadidas por el son de la música. Bueno, pues podría decirse que nuestra cafetería estaba invadida por el ruido de las alarmas contra robos. La novedad no duró mucho y al poco tiempo ni siquiera me molestaba en poner la alarma. Pero nadie ha vuelto a robarme nada de la caja de la comida desde que la puse aquel día.

Nunca he llegado a averiguar quién era el ladrón y ahora, cuando pienso en ello, me alegro. Si hubiese sonado la alarma cuando la caja estaba en clase, se hubiese visto en un lío, en un gran lío. A lo mejor era sencillamente alguien a quien su madre le ponía cosas poco apetitosas para comer, como emparedados de mermelada de ese pan blanco que sabe a *kleenex*. O a lo mejor es que era él quien tenía que prepararse la comida y en su casa no había nunca nada rico que preparar. He visto a veces a algunos chicos mirar lo que traían para comer, sacar los dulces, y tirar lo demás al cubo de la basura. Al señor Fridley siempre se le ve preocupado cuando hacen esto.

No quiero decir que el robar en las cajas de comida esté bien. Lo que digo es que me alegra no saber quién era el ladrón, porque tengo que ir al colegio con él.

Viernes, 16 de marzo

Esta noche me había quedado mirando una hoja de papel para ver si se me ocurría algo que escribir para los Escritores Jóvenes, cuando sonó el teléfono. Mi madre me dijo que lo cogiese porque estaba lavándose la cabeza.

Era mi padre. Se me hizo un nudo en la garganta como me ocurre siempre que oigo su voz.

—¿Qué tal vas, chaval? —me preguntó.

—Muy bien —dije, pensando en el éxito de mi alarma contra robos—. Estupendamente.

—Recibí tu carta —dijo.

—Ah, muy bien —dije.

Su llamada me había cogido tan de sorpresa que podía oír cómo me latía el corazón, y no se me ocurría nada que decir, hasta que le pregunté:

—¿Has encontrado otro perro para ocupar el sitio de Bandido?

Creo que en realidad lo que yo quería decir era que si había encontrado otro chico para ocupar mi sitio.

—No, pero pregunto por él por radio —me dijo mi padre—. A lo mejor aparece todavía.

—Ojalá.

Esta conversación no nos llevaba a ninguna parte. En realidad no sabía qué decir a mi padre. Era muy violento.

Luego mi padre me sorprendió. Me preguntó:

—¿Echas de menos alguna vez a tu padre?

Me quedé pensativo un minuto. Ya lo creo que le echaba de menos pero no me salían las palabras para decíselo. Mi silencio debió preocuparle porque preguntó:

—¿Estás todavía ahí?

—Por supuesto, padre, claro que te echo de menos —le dije.

Era verdad, pero no tan verdad como lo había sido hacía un par de meses. Seguía deseando que apareciese delante de casa en su gran camión, pero ahora sabía que no podía contar con ello.

—Siento no ir en esa dirección con más frecuencia —dijo—. Me han dicho que van a cerrar la refinería de azúcar de Spreckels.

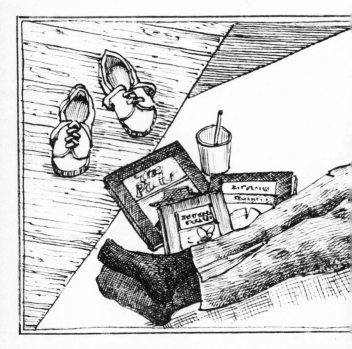

—Lo he leído en el periódico —dije.

—¿Está tu madre por ahí? —preguntó.

—Voy a ver —dije, aunque para entonces estaba de pie al lado del teléfono con el pelo envuelto en una toalla.

Ella dijo que no con la cabeza. No quería hablar con mi padre.

—Se está lavando la cabeza —dije.

—Dile que le enviaré el cheque de tu mensualidad en algún momento la semana que

viene —dijo—. Adiós, chaval. Suénate las narices.

—Adios, padre —contesté—. Ve con cuidado.

Me parece que no va a aprender nunca que me llamo Leigh y que tengo la nariz limpia. Claro que quizá piense él que yo no voy a saber nunca que va con cuidado. Aunque en realidad no lo hace. Es un buen conductor, pero corre mucho para ganar tiempo, siempre que puede evitar que le vea la patrulla de la carretera. Todos los camioneros lo hacen.

Después de esto ya no pude ponerme a pensar sobre los Escritores Jóvenes así que cogí *Maneras de divertir a un perro* y lo leí por milésima vez. Ahora ya leo libros más serios, pero sigue gustándome leer ese libro. Me gustaría saber dónde está el señor Henshaw.

Sábado, 17 de marzo

Hoy es sábado, así que esta mañana volví a ir de paseo hasta los árboles de las mariposas. El bosque estaba tranquilo y silencioso y, como hacía sol, me quedé allí mucho rato mirando las mariposas de color naranja revoloteando entre las hojas verdes y grises, y escuchando el ruido del mar contra las rocas.

Ya no hay tantas mariposas. Puede que estén yéndose hacia el norte para pasar el verano. Pensé que a lo mejor podía escribir sobre ellas en prosa en vez de en verso, pero al volver a casa empecé a pensar en mi padre, y en una vez que me llevó con él cuando transportaba uvas a una bodega, y en lo maravilloso que había sido ese día.

Martes, 20 de marzo

Ayer la señorita Neely, la bibliotecaria, me preguntó si había escrito algo para el Anuario de los Escritores Jóvenes, pues todos los escritos tenían que ser entregados el día siguiente. Cuando le dije que no, me dijo que todavía me quedaban veinticuatro horas y que por qué no me ponía a ello. Y lo hice, pues realmente me apetecía conocer a algún escritor famoso. Mi cuento sobre el hombre de cera de tres metros había ido a parar al cesto de los papeles. Luego traté de empezar un cuento llamado *El gran misterio de la caja de la comida,* pero no conseguí convertir mi experiencia de la caja de la comida en un cuento, pues no sé quién es el ladrón (o los ladrones), y en realidad no quiero saberlo.

Finalmente conté a toda prisa aquella vez

en que me fui con mi padre, que llevaba un cargamento de uvas, por la carretera 152, cruzando el puerto de Pacheco, hasta una bodega. Puse cosas como las señales de carretera que indicaban: «cuesta pronunciada», «camiones, primera velocidad», y cómo cambiaba mi padre, y con qué habilidad conducía un remolque largo y pesado en las curvas. Puse también algo sobre los halcones que se posan en los cables de teléfono y hablé de aquel picacho que utilizaba el vigía del bandolero Black Bart para ver a los viajeros que pasaban por el puerto y avisar a Black Bart para asaltarlos, y de las hojas de los árboles que hay a lo largo del riachuelo que va por el fondo del barranco que estaban amarilleando, y de lo bien que huelen grandes cantidades de uvas al sol. No puse lo de las camareras y los vídeo-juegos. Luego volví a copiarlo todo, por si contaba la buena presentación, y se lo di a la señorita Neely.

Sábado, 24 de marzo

Mi madre me dijo que tenía que invitar a Barry a casa a cenar porque yo he ido muchas veces a su casa después del colegio. Habíamos estado tratando de fabricar una alarma contra robos para su habitación. Finalmente conseguimos hacerla funcionar con la ayuda de un libro de la biblioteca.

No estaba seguro de que a Barry le fuese a gustar el venir a nuestra casa, que es tan pequeña comparada con la suya, pero aceptó cuando le invité.

Mi madre hizo un puchero con muchas cosas buenas como carne picada, chiles, tortillas, tomates y queso. Barry dijo que realmente le gustaba comer en nuestra casa, porque estaba harto de hacerlo con un montón de hermanas pequeñas que están todo el tiempo agitando cucharas y otros objetos. Esto me puso muy contento. Es muy agradable tener un amigo.

Barry contó que su alarma sigue funcionando. Lo malo es que sus hermanos encuentran muy divertido abrir la puerta para que suene. Luego se echan a reír y se esconden. Y como esto estaba volviendo loca a su madre, finalmente ha tenido que desconectarla. Todos nos reímos con ello. A Barry y a mí nos hace ilusión haber hecho algo que funciona, aunque no se pueda utilizar.

Barry vio el letrero que hay en mi puerta y que dice: NO ENTRAR. MADRE, ESTO VA POR TI. Me preguntó si mi madre realmente no entra en mi cuarto, y yo le dije:

—Si tengo todo recogido, por supuesto que no. Mi madre no es una fisgona.

Barry dijo que le gustaría tener una habitación en la que no entrase nadie. Me alegré de que Barry no me pidiese ir al cuarto de baño. A lo mejor, después de todo, empiezo a quitarle el moho.

Domingo, 25 de marzo

Sigo pensando en mi padre y en lo solitario que me pareció, y desearía saber qué habrá sido del chico de la pizza. No me gusta pensar en que mi padre está solo, pero tampoco me gusta pensar en que quien le anima es el niño de la pizza.

Esta noche a la hora de cenar (judías y salchichas de Frankfurt) tuve el valor de preguntar a mi madre si pensaba que mi padre volvería a casarse. Se quedó pensativa un rato y luego dijo:

—No sé cómo podría hacerlo. Tiene que hacer unos pagos muy grandes por el camión y el precio del gasóleo sube todo el tiempo, y cuando la gente no tenga dinero para construir casas o para comprar coches, no podrá transportar materiales o coches.

Pensé sobre esto. Sé que la licencia para un camión como el suyo cuesta más de 1.000 dólares al año.

—Pero siempre manda el cheque para mi manutención —dije— aunque a veces con retraso.

—Sí, eso sí que lo hace —dijo mi madre—. Es que tu padre no es una mala persona ni mucho menos.

De repente me puse indignado y enfurecido por todo ello.

—¿Entonces por qué no os volvéis a casar vosotros dos?

Me parece que no lo dije de una manera muy agradable.

Mi madre me miró directamente a los ojos.

—Porque tu padre no se hará mayor nunca —dijo.

Yo sabía que nunca diría más que esto.

¡Mañana sale el Anuario de los Escritores Jóvenes! A lo mejor tengo suerte y voy a comer con un escritor famoso.

Lunes, 26 de marzo

Hoy no ha sido el mejor día de mi vida. Cuando mi clase fue a la biblioteca vi un montón de Anuarios y apenas podía esperar a que la señorita Neely nos los repartiese. Cuando finalmente me dio el mío, y lo abrí por la primera página, había un cuento de un monstruo, así que vi que no había ganado el primer premio. Seguí pasando las hojas. Tampoco había ganado el segundo, que se lo dieron a una poesía, y tampoco el tercero ni el cuarto. Luego pasé otra página y vi una Mención de Honor y debajo de ella:

Un día en el camión de mi padre
por LEIGH BOTTS

Ahí estaba mi título y mi nombre impreso debajo, aunque fuese fotocopiado. No puedo decir que no me llevase una desilusión por no ganar un premio, pues me la llevé. Lo que realmente me desilusionaba era no conocer al misterioso Escritor Famoso. Sin embargo, me hacía ilusión ver mi nombre impreso.

Algunos chicos estaban indignados porque no habían ganado o porque ni siquiera les habían puesto su nombre. Decían que no iban a volver a escribir, lo cual me parece una chorrada. He oído decir que a algunos escritores de verdad les rechazan los libros. Me imagino que unos ganan y otros pierden.

Luego miss Neely anunció que el Escritor Famoso con el que los ganadores iban a comer era Angela Badger. Las chicas estaban

más emocionadas que los chicos, porque Angela Badger escribe casi siempre sobre niñas con problemas, como el de tener los pies muy grandes, o granos, o algo parecido. A mí, a pesar de todo, me apetecía conocerla porque es lo que se llama un escritor vivo de verdad, y nunca he conocido a ninguno. Me alegro de que el autor no sea el señor Henshaw porque entonces sí que hubiese estado *realmente* desilusionado de no conocerle.

Hoy resultó un día muy emocionante. A la mitad de la segunda clase la señorita Neely dijo que saliese y me preguntó si me gustaría comer con Angela Badger. Yo dije:

—Por supuesto, pero, ¿cómo?

La señorita Neely me explicó que los profesores habían descubierto que la poesía que había ganado estaba copiada de un libro y que no era original, así que a la niña que la había presentado no se le permitiría ir y que si a mí me gustaría ir en su lugar. ¡Que si me gustaría!

La señorita Neely telefoneó a mi madre, que estaba en el trabajo, para pedir permiso, y yo le regalé mi comida a Barry porque lo que yo llevo es mejor que lo suyo. Los otros ganadores estaban todos muy bien vestidos, pero a mí no me importaba. Me he dado cuenta de que hay escritores, como el señor Henshaw, que casi siempre llevan camisas viejas de cuadros en las fotos que hay en la parte de atrás de los libros. Mi camisa es tan vieja como la suya, así que sabía que estaba bien.

La señorita Neely nos llevó en su propio coche al Holiday Inn, donde otras bibliotecarias y sus ganadores estaban esperando en el vestíbulo. Luego llegó Angela Badger con su marido el señor Badger, y nos llevaron a todos al comedor, que estaba muy lleno de gente. Una de las bibliotecarias, que era una especie de bibliotecaria jefe, dijo a los ganadores que se sentasen a una mesa larga en la que había un cartel que decía RESERVADO. Angela Badger se sentó en el centro y algunas de las niñas se empujaron para sentarse a su lado. Yo me senté enfrente. La bibliotecaria jefe explicó que podíamos elegir lo que quisiésemos comer en un mostrador lleno de ensaladas. Luego todas las bibliotecarias se fueron y se sentaron en otra mesa con el señor Badger.

Y allí estaba yo cara a cara con un escritor vivo de verdad que parecía una señora simpática, gordita, con el pelo muy enfurruscado, y sin que se me ocurriese nada que decir porque no había leído sus libros. Algunas chicas le dijeron cuánto les gustaban sus libros, pero otros chicos y chicas eran demasiado tímidos como para decir algo. No pareció suceder nada hasta que la señora Badger dijo:

—¿Por qué no vamos todos a servirnos la comida al mostrador?

¡Qué lío se armó! Algunas personas no sabían lo que era servirse uno mismo en un

mostrador, pero la señora Badger fue delante
y todos nos servimos lechuga, y ensalada de
judías y de patatas, y todas las cosas que nor-
malmente se ponen en esos mostradores. Algunos de los chicos más pequeños eran demasiado bajitos y no llegaban más que a los
platos que había en primera fila. No se las estaban arreglando nada bien hasta que la
señora Badger les ayudó. El servirnos la
comida nos llevó bastante tiempo, bastante

más que en la cafetería del colegio, y cuando volvimos a la mesa con los platos, la gente que había en otras mesas se agachaba y se empujaba como si temiese que les fuésemos a tirar la comida en la cabeza. Había un chico que no tenía en el plato más que un pedazo de lechuga y un pedazo de tomate porque creía que iba a poder volver a servirse carne y pollo frito. Tuvimos que explicarle que no nos iban a dar nada más que ensalada. Entonces se puso colorado y fue a servirse más ensalada.

Yo seguía pensando en algo interesante que decir a la señora Bagder mientras trataba de pescar los garbanzos que tenía en el plato con un tenedor. Un par de chicas eran las que lo hablaban todo y le decían a la señora Badger que querían escribir libros *exactamente* como los suyos. Las otras bibliotecarias estaban muy entretenidas charlando y riéndose con el señor Badger que debía de ser muy gracioso.

La señora Badger trató de conseguir que algunos de los más tímidos dijesen algo, pero sin grandes resultados, y yo seguía sin que se me ocurriese nada que decir a una señora que escribía libros sobre niñas con pies grandes y granos. Finalmente la señora Badger me miró fijamente y me preguntó:

—¿Qué escribiste tú para el Anuario?

Me di cuenta de que me ponía colorado y contesté:

—Nada más que un paseo en camión.

—¡Oh! —dijo la señora Badger—. ¿Así que tú eres el autor de *Un día en el camión de mi padre?*

Todos se callaron. Ninguno de nosotros sabía que el escritor vivo de verdad había leído lo que habíamos escrito, pero ella lo había hecho y se acordaba de mi título.

—Yo no tuve más que una Mención de Honor —dije, pero, al mismo tiempo, pensaba que me había llamado autor. *Un escritor de verdad me había llamado autor.*

—¿Qué importa eso? —preguntó la señora Badger—. Los jurados nunca piensan todos lo mismo. A mí me gustó *Un día en el camión de mi padre* porque estaba escrito por un chico que escribía con sinceridad sobre algo que sabía y que lo sentía de verdad. Tú me hiciste sentir lo que era bajar una cuesta muy pronunciada con muchas toneladas de uvas detrás.

—Pero no supe convertirlo en un cuento —dije sintiéndome mucho más valiente.

—¿Y qué importa? —dijo la señora Badger haciendo un ademán con la mano. Es el tipo de persona que lleva anillos en el dedo índice—, ¿Qué esperas? La habilidad para escribir cuentos llega más tarde, cuando hayas vivido más tiempo y tengas más comprensión. *Un día en el camión de mi padre* es un trabajo espléndido para un chico de tu edad. Lo has escrito como *tú eres* y no has tratado de imitar a nadie. Y eso es una señal de buen escritor. Continúa así.

Me di cuenta de que un par de chicas que habían estado diciendo que querían escribir libros exactamente como los de Angela Badger intercambiaban miradas azaradas.

—Vaya, muchas gracias —fue todo lo que pude decir.

La camarera empezó a colocar platos de helado. A todos se les había pasado la timidez y empezaron a hacer preguntas a la señora Badger: que si escribía a lápiz o a máquina, que si alguna vez le habían rechazado algún libro, que si sus personajes eran personas reales, que si había tenido granos cuando era niña como la niña de su libro, y que qué se sentía cuando se era una escritora famosa.

A mí no me parecía que las respuestas a esas preguntas eran muy importantes, pero tenía una pregunta que quería hacerle y que conseguí meter en el último momento cuando la señora Badger estaba dedicando algunos libros que la gente le había llevado.

—Señora Badger —dije—. ¿Ha conocido usted a Boyd Henshaw?

—Oh, sí —dijo mientras escribía en uno de los libros—, le conocí en un encuentro con bibliotecarios. Los dos interveníamos en la misma sesión.

—¿Cómo es? —pregunté por encima de la cabeza de una chica que se acercaba con un libro.

—Es un joven muy simpático con una expresión muy picaresca en los ojos —me contestó.

Creo que yo sabía esto desde que contestó a mis preguntas.

Al volver a casa todos comentaban sobre la señora Badger esto y la señora Badger aquello. Yo no quería hablar. No quería más que pensar. Un escritor vivo de verdad me había llamado autor, *a mí*. Un escritor vivo de verdad me había dicho que continuase así. Mi madre se sintió orgullosa de mí cuando se lo conté.

La estación de gasolina ha cerrado hace mucho tiempo, pero yo quería escribir todo esto para que no se me olvidase. Me alegro de que mañana sea sábado. Si tuviese que ir al colegio bostezaría. Qué pena que papá no esté aquí para poderle contar todo lo que ha pasado hoy.

* * *

Querido señor Henshaw:

Ésta va a ser muy breve para no hacerle perder tiempo leyéndola. Tenía que contarle una cosa. Tenía usted razón. Yo todavía no estaba preparado para escribir un cuento inventado. ¡Pero adivine una cosa! Escribí una historia de verdad con la que gané una Mención de Honor en el Anuario. A lo mejor el año que viene escribo algo con lo que gano el primer lugar o el segundo. Y a lo mejor para entonces ya soy capaz de escribir una historia inventada.

He pensado que quizá le gustase saberlo. Muchas gracias por su ayuda. Si no hubiese sido por usted, a lo mejor hubiese entregado aquel cuento estúpido sobre el camionero de cera que se derretía.

Su amigo, el escritor

Leigh Botts

P.D. Sigo escribiendo el diario que usted me animó a empezar.

Del diario de Leigh Botts

Sábado, 13 de marzo

Esta mañana hacía sol, así que Barry y yo echamos la carta del señor Henshaw y luego nos fuimos de paseo para ver si seguía habiendo mariposas en el bosque. No vimos más que tres o cuatro, por lo que me imagino que la mayoría se han ido al norte a pasar el verano. Luego nos fuimos al pequeño parque que hay en Lovers Point y nos sentamos un rato en una roca a contemplar los barcos de vela de la bahía. Cuando empezaron a aparecer nubes nos volvimos andando a mi casa.

Había aparcado delante un tractor sin remolque. ¡El de mi padre! Empecé a correr y mi padre y Bandido bajaron de la cabina.

—Hasta luego. Tengo que marcharme

—gritó Barry que ha oído hablar mucho de mi padre y de Bandido y que comprende lo de los padre y el divorcio.

Mi padre y yo nos quedamos mirándonos uno a otro hasta que dije:

—Hola, padre. ¿Has visto algún zapato en la carretera últimamente?

—Muchos —mi padre sonrió un poco, pero no como lo hace habitualmente—. He visto botas y zapatos de todo tipo.

Bandido vino hacia mí moviendo la cola y parecía muy contento. Llevaba un trapo rojo nuevo alrededor del cuello.

—¿Qué tal te va, chaval? —preguntó mi padre—. Te he traído tu perro.

—¡Vaya, muchas gracias! —dije acariciando a Bandido.

A mi padre le colgaba la tripa por encima del cinturón y no era tan alto como yo le recordaba.

—Has crecido —dijo, que es lo que los mayores dicen siempre a los niños cuando no saben qué decir.

¿Es que mi padre esperaba que yo hubiese dejado de crecer porque él no había estado aquí?

—¿Cómo encontraste a Bandido? —pregunté.

—Preguntando todos los días en mi emisora —dijo—. Al fin tuve respuesta de un camionero que dijo que había recogido a un perro perdido durante una tempestad de nieve en la sierra y que el perro seguía con él. La semana pasada coincidimos en la misma cola en una balanza.

—Estoy encantado de que le hayas traído —dije, y después de pensar en qué más podría decirle pregunté—: ¿Cómo es que no llevas remolque?

Me parece que yo tenía la ilusión de que me dijese que había venido desde Bakersfield nada más que para traerme a Bandido.

—Estoy esperando que carguen un remolque de brécoles en Salinas —me dijo—. Como no estaba lejos decidí hacer una escapada hasta aquí antes de salir para Ohío.

O sea que mi padre había venido a verme únicamente por causa de los brécoles. Después de todos estos meses de estar deseando verle, lo que le había traído hasta aquí era un cargamento de brécoles. Me sentí defraudado y dolido en mis sentimientos. Me dolían tanto que no se me ocurría nada que decir.

Justo en ese momento llegó mi madre y se

bajó de su coche que parecía pequeño y viejo al lado del gran camión de mi padre.

—Hola, Bill —dijo.

—Hola, Bonnie —contestó él.

Todos nos quedamos de pie mientras Bandido movía la cola, hasta que mi padre dijo:

—¿No vas a invitarme a pasar?

—Por supuesto, pasa —dijo mi madre.

Bandido nos siguió por el camino, que pasaba por la casa de pisos, hasta llegar a nuestra casita, y entró con nosotros.

—¿Te apetece una taza de café? —preguntó mi madre a mi padre.

—Ya lo creo —asintió mi padre mirando en derredor—. Así que es aquí donde vivís los dos.

Luego se sentó en el sofá.

—Aquí es donde vivimos mientras podamos pagar la renta —dijo mi madre con voz desafinada—. Y no se puede remolcar.

Mi madre odiaba de verdad la casa ambulante donde vivíamos.

Mi padre parecía cansado y triste, como yo no le había visto nunca hasta entonces. Mientras mi madre andaba de acá para allá preparando el café, le enseñé la alarma contra robos que había hecho para la caja de la comida. La hizo funcionar un par de veces y dijo:

—Siempre supe que tenía un chaval muy listo.

Mi madre tardaba tanto en hacer el café, que pensé que tenía que entretener a mi padre, así que le enseñé mi Anuario y lo que había escrito. Lo leyó y dijo:

—Qué gracioso, pues yo sigo acordándome de aquel día siempre que transporto uvas a una bodega. Me alegro de que tú lo recuerdes también.

Esto me animó mucho. Luego me miró durante un rato como si esperase ver... no sé el qué, y me acarició el pelo y me dijo:

—Eres más listo que tu viejo padre.

Esto me hizo azararme y no supe qué contestar.

Finalmente mi madre trajo dos tazas de café. Dio una a mi padre y se fue con la suya hacia una silla. Se sentaron mirándose por encima de las tazas. A mí me apetecía gritar, ¡haced algo!, ¡decid algo! Y ¡no os quedéis ahí sentados sin hacer nada!

Al fin mi padre dijo:

—Te echo de menos, Bonnie.

Tuve la impresión de que no quería oír esa conversación, pero no sabía cómo marcharme de allí, así que me senté en el suelo y acaricié a Bandido que se tumbó boca arriba para que le rascase la tripa, como si nunca se hubiese marchado.

—Lo siento —dijo mi madre.

Creo que realmente sentía que mi padre la echase de menos. O a lo mejor es que sentía todo lo que pasaba. No lo sé.

—¿Has encontrado a otra persona? —preguntó mi padre.

—No —contestó mi madre.

—Pienso mucho en ti durante los viajes largos —dijo mi padre—, especialmente por la noche.

—Yo no te he olvidado —dijo mi madre.

—Bonnie, no hay alguna oportunidad... —empezó mi padre.

—No —dijo mi madre con voz suave y triste—. No hay ninguna oportunidad.

—¿Por qué no? —preguntó mi padre.

—He pasado demasiadas noches y días sola sin saber dónde estabas. He esperado demasiado las llamadas telefónicas que tú te olvidabas de hacer porque te estabas juergueando en alguna parada —dijo mi madre—. Demasiadas noches de sábado aburridas en una taberna ruidosa. Dema-

siadas promesas incumplidas. Muchas cosas así.

—Bueno... —dijo mi padre y dejó la
taza—. Eso es lo que vine a averiguar, así
que puedo marcharme.

Ni siquiera había terminado el café. Se
puso de pie y yo también. Entonces me dio
un gran abrazo y hubo un momento en el
que quise agarrarme a él y no dejarle marchar.

—Hasta la vista, hijo —dijo—. Trataré de
venir a verte con más frecuencia.

—Muy bien, padre —dije.

Para entonces yo ya sabía que no podía
fiarme de nada de lo que decía.

Mi madre vino hasta la puerta. De repente
mi padre la abrazó y, cual no sería mi sorpresa, cuando ella le abrazó a él también.
Luego él se dio la vuelta y bajó corriendo los
escalones. Cuando llegó al camión gritó:

—Tened cuidado de Bandido.

Me imaginé a mi padre transportando un
enorme remolque frigorífico lleno de brécoles a través de la sierra y de las Rocosas y
de las llanuras, y de todos esos sitios que
había en mi mapa de carreteras, hasta llegar
a Ohío. Personalmente me sentiría muy feliz
de que se llevasen todos los brécoles de California a Ohío, porque no es una verdura que

me guste mucho, pero no me gustaba pensar en mi padre, solo en ese enorme camión, conduciendo todo el día y la mayor parte de la noche, excepto cuando podía coger unas pocas horas de sueño en la litera, pensando en mi madre.

—¡Padre, espera! —grité, y salí corriendo hacia él—. Padre, quédate con Bandido, tú le necesitas más que yo —mi padre vaciló hasta que le dije—: Por favor, llévatelo. Yo no tengo manera de divertirle.

Mi padre sonrió ante esto y silbó, y Bandido saltó a la cabina como si esto hubiese sido lo que había querido hacer todo el tiempo.

—Adios, Leigh —dijo mi padre, y puso en marcha el motor. Luego se asomó y dijo—: Eres un buen chico, Leigh. Estoy orgulloso de ti y voy a tratar de no defraudarte —y mientras arrancaba gritó—: ¡Te veré pronto! —y parecía que lo decía más como yo le recordaba.

Cuando entré, mi madre estaba bebiendo el café y como mirando al vacío. Me fui a mi habitación, cerré la puerta y me quedé escuchando el pim-pim de la estación de gasolina. Quizá fuese el cargamento de brécoles lo que había llevado a mi padre a Salinas, pero había hecho el resto del recorrido porque realmente quería vernos. Realmente nos había echado de menos. Me sentí triste y bastante mejor al mismo tiempo.

ÍNDICE

¡VIVA RAMONA!

La nueva situación de Ramona, que por fin puede
quedarse en casa con su hermana mayor,
coincide con importantes acontecimientos.
A través de todo ello, Ramona llega a comprender
lo difícil que es a veces crecer
y se siente muy satisfecha de su propia vida.

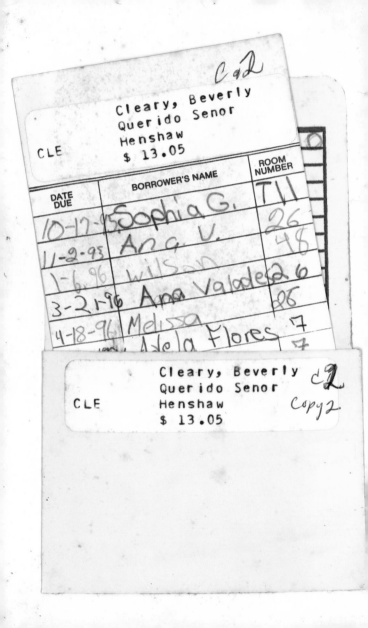

C d2

Cleary, Beverly
Querido Senor
Henshaw
CLE $ 13.05

DATE DUE	BORROWER'S NAME	ROOM NUMBER
10-17-95	Sophia G.	711
11-2-95	Ana V.	26
1-6.96	Wilson	48
3-21-96	Ana Valadez	26
4-18-96	Melissa	8
	Adela Flores	7

Cleary, Beverly   d2
Querido Senor
CLE   Henshaw   Copy 2
$ 13.05